edition
tingeltangel

Umschlaggestaltung unter Verwendung zweier Fotos
von Stillkost/Fotolia.com (Kind vor Lichtstrahl)
und olly/Fotolia.com (Big Ben).
Grafiken Skyline London: JiSIGN/Fotolia.com,
Foto Kris B.: Wolfgang Irg

In den Verweisen auf weitere Bücher wurden genutzt:
Nachthimmel (ricardoreitmeyer/Fotolia.com), Einschussloch (fablok/Fotolia.com), Hand im Wasser (milanmarkovicz78/Fotolia.com), Mikro auf Bühne (Elisanth/Fotolia.com), Rosenblätter auf Holz (skynet/Fotolia.com), Brücke (lassedesignen/Fotolia.com)

Herstellung: Booksfactory.de, PRINT GROUP Sp. z o.o.
ul. Księcia Witolda 7, PL – 71-063 Szczecin

Neuausgabe, München 2017
ISBN 978-3-944936-34-5

LONDON CRIMES

KRIS B.

Näher als du ahnst

Psycho-Krimi / Ricks erster Fall

1990

Gabe

1/13

»Alles startklar? Also los jetzt.« Die fünfjährige April, die gerade dabei war, die dicken Mantelknöpfe in die Knopflöcher zu zwängen, stolperte fast, als die Hand ihrer Mutter sie über die Türschwelle in die eisige Luft hinaus bugsierte.

Prince, der junge Dobermann, sprang bellend um das Auto herum, während Dad die dünne Eisschicht von der Windschutzscheibe kratzte. »Jedes Jahr der gleiche Zirkus. Von mir aus könnte man Weihnachten auch ausfallen lassen.«

»Von mir aus könnten wir die Besuche bei dem alten Drachen allesamt ausfallen lassen, nicht nur an Weihnachten«, sagte Mum. Sie war jedes Mal so schlecht drauf, wenn sie Oma besuchten. Oma kochte nämlich sehr lecker und wurde böse, wenn sie etwas aufwärmen musste. Dad sagte, sie sei ein »Gurmäh«, und Mum sagte, sie sei ein spitzzüngiger alter Drache, was April witzig fand. Sie zeichnete manchmal Drachen mit langen Gesichtern, die genau wie Oma aussahen.

Dad warf den Eiskratzer ins Handschuhfach und hielt die hintere Tür für die Kinder auf. Prince sprang als erster auf den Sitz, dann kletterte Kevin hinterher. April wollte sich gerade beschweren, dass ihr Bruder schon wieder neben Prince sitzen durfte, als ein plötzlicher, heißer Windstoß sie zurückweichen ließ.

»Das Auto brennt«, kreischte sie.

Dad griff nach ihrer Hand. »Jetzt mach schon. Wir kommen sonst zu spät zum Essen.«

April entwand sich. »Es brennt.«

»Was zum Kuckuck soll denn das? Rein mit dir, aber dalli, Fräulein.«

April fing an zu weinen. »Nein, nein, nein!«

Mum hob sie hoch, die Arme fest um ihren Leib gepresst. Aber April wurde immer hysterischer, brüllte und schlug um sich.

»Da hast du's!«, rief Dad. »Das kommt davon, dass du sie so verzogen hast.«

»Nein, das kommt davon, dass sie vor deiner Mutter Angst hat.«

»Vor der hat außer dir niemand Angst, weil du ihr nämlich nicht das Wasser reichen kannst.«

»Wenn du halb so viel verdienen würdest wie deine Mutter Witwenrente kassiert, dann könnte ich auch scheißvornehm tun und würde dabei nicht mal so ein mürrisches Gesicht machen. Ich hab's echt nicht nötig, mir Weihnachten verderben zu lassen, nur weil sie ständig an mir herumnörgelt.«

»Wenn du dich nicht wie ein Hippie anziehen würdest, dann hätte sie nichts zum Nörgeln.«

»Bernie, du entwickelst dich zu dem gleichen Spießer wie dein Vater.«

April nutzte den Streit ihrer Eltern, um sich aus Mums Armen zu winden, bis sie festen Boden unter den Füßen hatte. Langsam pirschte sie sich rückwärts und klammerte sich ans Gartentor. »Ich will daheim bleiben«, jammerte sie.

Dad holte Aprils Plüschhasen Bobo vom Rücksitz und hielt ihn ihr vors Gesicht. »Jetzt komm doch, ich bin schon ganz verhungert«, sagte er mit dem niedlichen Lispeln, das April immer zum Kichern brachte. »Oma hat für mich Möhrenkuchen gebacken. Superlecker!«

April griff nach Bobo und drückte ihn an ihre Backe. »Es brennt«, flüsterte sie.

Mum seufzte. »Bernie, lass mich mit ihr daheim bleiben. Ich glaube, sie brütet eine Krankheit aus.«

Ohne ein weiteres Wort zwängte Dad sich hinters Lenkrad und knallte die Fahrertür zu. Prince bellte durch das Rückfenster, als der Wagen davon brauste. Aprils Füße knickten weg und Mum trug sie ins Haus, wo April auf dem Sofa einschlief, immer noch in den Mantel geknöpft und Bobo an die Backe gedrückt.

Mums ärgerliche Stimme weckte sie. Sie saß neben Aprils Füßen und sprach ins Telefon. »Nein, wir sind nicht spät dran. April ist krank geworden, darum ... Dein Sohn ist vor einer halben Stunde losgefahren. Er kommt bestimmt jede Minute ... Nein, ich sagte doch, es ist wegen April. Sie hat Fieber ... Weißt du was, dein Soufflé ist mir piepegal.« Ihre Armbänder klirrten, als sie den Hörer auf die Gabel knallte. »Dieser Drache bringt mich noch ins Grab. Maus, geht's dir besser? Du bist so blass.«

»Hab' Durst.«

Mum ging in die Küche. April setzte sich auf und rieb sich die Augen. Die Luft um sie herum flirrte ganz seltsam.

Mum kam zurück und hielt ihr ein Glas Milch an den Mund. »Hier, trink das, Mäuschen.«

Da war plötzlich wieder diese Hitze. April schlug die Hände vors Gesicht. »Weg, weg! Es ist heiß.«

»Aber das ist kalte Milch. Lass mich mal deine Stirn fühlen.«

April schlug ihrer Mutter auf die Hand. Die Welt stand in Flammen. Sie atmete schwarzen Rauch ein, der in ihrer Kehle brannte. Sie schluchzte, hustete, verschluckte sich.

»Mäuschen, was ist denn los?«

Endlich hörten die Flammen auf, ihr Gesicht zu versengen. Erschöpft sank April auf den Schoß ihrer Mutter und fiel sofort in einen traumlosen Schlaf. Als sie wieder aufwachte, war es draußen schon dunkel. Mum hatte noch kein Licht angemacht. Das einzige Geräusch, das April hörte, war ein kehliges Weinen.

Mum nahm sie in die Arme und drückte sie an sich. »Mein süßes, liebes, kleines Mäuschen«, schluchzte sie. »Du bist alles, was mir geblieben ist.« April fühlte, wie die Brust ihrer Mutter sich hob und senkte und hörte ihr Herz an ihrem Ohr pochen. Sie verstand nicht, was los war. Aber wenigstens war es wieder kühl.

2008

Fluch

2/13

Das Zimmer stank nach Zigarrenrauch und vergilbten Büchern. Selbst die Bettwäsche hatte den Geruch staubigen Papiers angenommen. Aprils Kopf lag auf Russels Oberkörper. Sein Atem ging stoßweise, sein Herzklopfen dröhnte in ihren Ohren.

Sie schoss hoch.

»Sag bloß, du willst schon wieder«, neckte er sie.

Warum hielt Russel sie nur für sexbesessen? »Nein, ich musste plötzlich daran denken, wie meine Mutter ... Ist ja egal.« Das passierte immer, wenn sie ein Herz schlagen spürte: Sie war wieder fünf Jahre alt und tröstete ihre Mutter, die ihr unter Schluchzen erzählte, was passiert war.

Russell hakte nicht nach, sondern langte um sie herum und nahm etwas vom Nachttisch. »Hier, Süße, mein Weihnachtsgeschenk. Etwas ganz Besonderes.«

Sie zögerte, dann streckte sie die Hand nach dem schlichten weißen Umschlag aus. Er zog den Arm wieder zurück. »Erst musst du mir versprechen, dass du es annehmen wirst, egal was es ist. Ich kenne doch deinen Stolz.«

Hoffentlich war es kein Geld. Als er den Umschlag wieder in ihre Reichweite hielt, ignorierte sie ihn. Er brummelte enttäuscht, öffnete den Umschlag und entnahm ihm zwei Flugtickets, die er ihr triumphierend vor die Nase hielt. »San Francisco. Flug in der Business-Klasse. 5-Sterne-Hotel. Na, was sagst du?«

»Eine Reise? Wann fliegen wir da hin?«

»In zwei Wochen.«

»Du spinnst. Ich muss mich aufs Examen vorbereiten.« Als ob er das nicht wüsste, er war schließlich ihr Französisch-Prof.

Russel fuhr sich durch die dichten, blonden Haare, die ihn jünger aussehen ließen, als er war. »Du hast gesagt, du würdest gerne mit mir in Urlaub fahren.«

Das hatte sie mit Sicherheit nicht gesagt. Immer drehte er ihr das Wort im Mund herum und interpretierte alles so, wie es ihm in den

Kram passte. »*Du* hast mich gefragt, ob ich mal für ein paar Tage mit dir wegfahren will und ich habe gesagt, ja, warum nicht. Aber doch nicht ausgerechnet jetzt.«

Er kitzelte sie am Ohrläppchen. »Es wird dir gut tun. Du kannst nicht immer nur herumsitzen und lernen.«

»Ich verletze nur ungern deine Gefühle, aber du musst die Reise stornieren.«

»Ich habe deinetwegen meine Familie verlassen. Ich bin aus meiner Luxusvilla in dieses schäbige Zimmer gezogen. Und du hast nur dein Examen im Kopf.«

April drückte die Handflächen gegeneinander, als wollte sie seine Worte dazwischen zerquetschen. »Ich habe dich nie darum gebeten, deine Familie zu verlassen. Gerüchten zufolge hat deine Frau dich rausgeschmissen, weil sie von deinen Affären genug hatte.«

»Ich habe Julie verlassen, weil ich mit dir zusammen sein wollte. Ich liebe dich aus tiefstem Herzen. Sonst würde ich doch keine zweitausend Pfund für eine Reise mit dir ausgeben, oder?«

Es wurde Zeit, die Beziehung zu beenden, bevor sie völlig entgleiste. Mit einer Mischung aus Traurigkeit und Erleichterung sagte April: »Russel, ich liebe dich nicht und ich werde nicht mit dir nach San Francisco fliegen.«

Er zwang ihre Hände auseinander und steckte die Tickets dazwischen. »Du wirst schon noch zur Vernunft kommen.«

Im gleichen Augenblick geriet die Welt aus den Fugen. Die Wände verbogen sich. Die Luft wurde zusammengepresst. Die Decke wölbte sich nach innen und drohte, sie unter sich zu begraben.

Sie schleuderte die Tickets quer durch den Raum und sprang vom Bett auf. Die Vision endete so abrupt wie sie begonnen hatte. »Es stürzt ein«, keuchte sie.

»Was stürzt ein?«

April nahm Russels schweren Bademantel von der Stuhllehne neben dem Schreibtisch, zog ihn über und schlang die Arme um ihren Körper. »Russel, ich muss dir etwas über mich erzählen. Ich habe Visionen, die mich zuweilen einfach überfallen.« Forschend sah sie ihn an, doch er unterbrach sie nicht, also redete sie weiter. »Das wäre nicht so schlimm, wenn es schöne Visionen wären, über Geburten, Hochzeiten oder von mir aus auch Lottozahlen. Aber meine Visionen handeln immer vom Tod.«

»Worauf willst du hinaus?«

Sie schlängelte den Bademantelgürtel um ihre Finger. »Gerade hatte ich wieder eine Vision.«

»Aber wir haben uns doch die ganze Zeit unterhalten.«

»Meine Visionen sind wie Schnappschüsse. Sie kommen und gehen in einem Augenblick. Wenn wir nach San Francisco fliegen, werden wir in einem einstürzenden Gebäude ums Leben kommen.«

Russel kniff die Augen zusammen. »Bist du so unglücklich über die Reise, dass du dir solche lächerlichen Ausreden ausdenken musst?«

»Bitte, du musst mir glauben. Meine Visionen erfüllen sich immer. Ich habe es noch nie geschafft, ein Unglück zu verhindern. Mein Dad und mein Bruder kamen vor achtzehn Jahren bei einem Autounfall ums Leben. Ich wusste, dass das Auto brennen würde, und weil ich mich weigerte einzusteigen, blieb meine Mutter mit mir daheim. Als es dann passierte, konnte ich es fühlen, als wäre ich direkt dabei. Ich fühlte den Schmerz, als ihre Haut verbrannte und sie den schwarzen Rauch einatmeten.«

»Jetzt trag mal nicht zu dick auf. Je mehr du deine Geschichte ausschmückst, desto unglaubwürdiger wird sie.«

»Ich denke mir das nicht aus.« Ihre Stimme überschlug sich. »Ich habe mein Leben lang Visionen gehabt und ich habe gelernt, sie verdammt noch mal ernst zu nehmen, egal was andere von mir denken.«

»Na gut.« Er schwang seine Beine über die Bettkante. »Nehmen wir mal an, du und ich sind vom Schicksal dazu bestimmt, während eines Erdbebens umzukommen. Die logische Schlussfolgerung ist: Wenn wir nicht nach San Francisco fliegen, findet das Erdbeben hier statt, mitten in Cambridge. Da werden die Seismologen ganz schön ins Schwitzen kommen.«

»Erstens habe ich nichts von einem Erdbeben gesagt. Zweitens ist die Logik andersherum. Es wird dort passieren, wo wir hinfliegen, denn ich hatte die Vision, als du mir die Tickets in die Hand gedrückt hast. Das Gebäude, in dem wir sein werden, ist auf jeden Fall zum Einsturz verdammt, aber wir müssen dabei nicht umkommen, so wie meine Mutter und ich nicht bei dem Autounfall starben, den ich gesehen hatte, weil wir daheim geblieben sind.«

Russel kämpfte sich mit ruckartigen Bewegungen in sein T-Shirt. »Du hast es anscheinend sehr eilig, mich loszuwerden. Aber ich weiß, dass du mich in Wirklichkeit liebst und mich heiraten wirst, sobald meine Scheidung durch ist.«

»Schreib mir nicht vor, was ich fühlen, denken oder tun soll.«

»Seltsame Ansicht für jemanden, der behauptet, hellsichtig zu sein. Denn in deiner Weltanschauung schreibt das Schicksal das Drehbuch und du spielst nur eine kleine Rolle. Wir beide werden heiraten, zwei wundervolle Kinder haben und uns einen Hund zulegen.«

April atmete mit einem leisen Seufzer aus. »Der Hund hat überlebt.«

»Welcher Hund?«

»Er hieß Prince. Er sprang aus dem zersplitterten Seitenfenster, als der Wagen in Flammen aufging.« Sie überquerte den fadenscheinigen Teppich, schloss sich im Badezimmer ein und ließ sich an der Tür hinabgleiten, bis sie in der Hocke saß. Zwei Jahre lang hatte sie keine Visionen mehr gehabt, hatte gehofft, es wäre endlich vorbei, und jetzt das.

»Geht's dir gut, Süße?«

April spürte kleine Schläge in ihrem Rücken, als Russell an die Tür pochte. Sie wollte ihn nicht sehen lassen, wie sehr sie das Ganze mitnahm. Schlimm genug, dass sie ihm von ihrer Vision erzählt hatte. Aber wie sollte sie ihn sonst daran hindern, in seinen sicheren Tod zu fliegen?

April zwang sich aufzustehen. Der Bademantel blieb wie eine schlammfarbene Pfütze liegen. Mit zitternden Händen stieg sie in ihre Jeans und streifte den Pullover über. Als sie ins Schlafzimmer zurückkam, war auch Russel angezogen. Er saß mit ausgestreckten Beinen auf dem verblassten Bettüberwurf und rauchte seine unvermeidliche Zigarre danach.

»Diese Reise ist genau das, was du jetzt brauchst.«

Sie riss sich zusammen. »Ich weiß, dass du kein Nein akzeptieren kannst. Aber eine andere Antwort bekommst du nicht.« Sie sammelte ihre wenigen Sachen zusammen, die sie im Laufe der Monate von zu Hause mitgebracht hatte.

Er blies dicken Rauch an die Decke. »Du bist nicht die einzige Mieze auf dem Campus, die scharf auf mich ist. Ich wette, die meisten würden sich darum reißen, mit mir in die Staaten zu fliegen.«

»Du willst wirklich nach San Francisco?« Sie verstaute ein zerknittertes Taschentuch in ihrer Handtasche. »Ich dachte, ich hätte hinreichend klar gemacht, dass das eine Reise ohne Wiederkehr ist.«

»Alles, was du hinreichend klar gemacht hast, ist, dass du überarbeitet und durchgeknallt bist.«

In einem plötzlichen Ausbruch von Energie hechtete sich April aufs Bett, packte Russels Schultern und fuhr ihn an: »Ich bin nicht durchgeknallt, du Idiot. Wenn du mir nicht glaubst, dann fahr mich einfach heim und frag meine Mutter. Frag sie! Sie kann dir von den Toden erzählen, die ich vorhersah; die ich miterlebte, als sie eintraten; von denen ich in endlosen Alpträumen heimgesucht werde; von den Quacksalbern, zu denen sie mich geschleppt hat, damit sie mich heilen; von den Sekten, den Exorzismus-Ritualen.« Sie ließ ihn los, stapfte in die Ecke, wo die Tickets gelandet waren und riss sie in winzige Stücke.

»Ich kann mir neue Tickets ausdrucken«, sagte Russell mit Genugtuung in der Stimme. »Mir kommen so langsam Zweifel, dass ich einen Urlaub mit dir wirklich genossen hätte.« Er warf ihre Handtasche quer durchs Zimmer. »Ende und aus, Süße. Wie du siehst, kann ich ein Nein sehr wohl akzeptieren.«

Die Handtasche entleerte ihren Inhalt zu Aprils Füßen. Russel runzelte die Stirn, bückte sich über die Bettkante und griff sich das kleine, braune Tablettenfläschchen, das ihm entgegenrolle. Er schielte aufs Etikett. »Librium. Nimmst du das regelmäßig?«

Sie ging in die Hocke und stopfte alles in ihre Handtasche zurück. »Nach meiner letzten Vision hatte ich einen Nervenzusammenbruch. Ich bekam eine Librium-Injektion und das hat mir sehr schnell geholfen. Der Arzt meinte, wenn ich es regelmäßig nehme, könnte es meine Hellsichtigkeit unterdrücken. Na ja, er sagte nicht Hellsichtigkeit, er nannte es schizophrene Episoden. Jedenfalls ist es zwei Jahre lang gut gegangen, bis heute. Wahrscheinlich war es nur ein glücklicher Zufall, dass in den letzten zwei Jahren niemand in meinem Umfeld eines tragischen Todes starb.«

»Zwei Jahre?« Russel balancierte die Zigarre auf dem Rand eines zerbeulten Kupferaschenbechers. »Hat dieser Seelenklempner auch gesagt, dass du davon süchtig werden kannst? Meine Frau ist Apothekerin. Sie warnt alle Patienten, die mit solchen Rezepten kommen.«

»Ich nehme nur eine minimale Dosis.« Sie saß jetzt im Schneidersitz, müde und völlig ausgelaugt.

Russel rollte die Flasche zu ihr zurück. »Dann setze sie langsam ganz ab.«

April erhob sich, schulterte ihre Handtasche und verließ den staubigen Raum.

April stieg vom Fahrrad und schob es das letzte steile Stück die Straße hoch. Sie fühlte sich wackelig auf den Beinen, entweder weil sie nach zwei Tagen ohne Librium Entzugserscheinungen hatte, oder weil sie sich vor der Begegnung mit Russels Frau fürchtete. Vielleicht auch beides. Zum ersten Mal versuchte sie ganz allein, das Eintreffen einer Vision zu verhindern. Sie hatte ihrer Mutter diesmal nichts erzählt. Sie hatte ihr auch nicht gesagt, dass das Librium versagt hatte, denn dann hätte Imogen sie bloß wieder zu irgendeinem Psychofritzen geschleift.

Sie lehnte das Fahrrad gegen den schmiedeeisernen Zaun. Bobo war in der Satteltasche und flüsterte ihr so aufmunternd zu, wie nur ein Plüschhase es kann.

Kaum hatte sie die Klingel betätigt, öffnete sich die Tür einen Spalt. »Ja?!«

»Mrs Fenshaw? Ich bin April Stevenson, eine Studentin Ihres Mannes.«

Die stattliche Frau musterte sie mit strengem Blick. »Ach, Sie sind das Flittchen, das sich ihm so schamlos an den Hals geworfen hat.«

Aha, dachte April. So hat er das also dargestellt, damit seine Frau ihn wieder ins Haus lässt.

»Ich möchte mit Ihnen reden, weil Russell drauf und dran ist, sich in Gefahr zu begeben.«

Julie Fenshaw öffnete die Tür etwas weiter. »Was quatschen Sie da für dummes Zeug?«

»Es geht um die Reise, die er ursprünglich für mich gebucht hatte. Ich konnte Russell nicht davon abbringen. Ich habe gehört, dass

Sie an meiner Stelle mit Ihrem Mann nach San Francisco fliegen werden. Deswegen möchte ich Sie warnen.«

Julie Fenshaw lächelte herablassend. »Ich verstehe schon«, sagte sie schnippisch. »Russel hat sich beklagt, dass Sie wie eine Klette an ihm hängen und er Sie kaum wieder loswurde.«

Für einen kurzen Moment war April in Versuchung, zu denken, dass Russell und seine Frau, verlogen und kaltschnäuzig wie sie waren, ihr Schicksal verdient hatten. Aber dann gewann ihre bessere Seite wieder die Oberhand. »Bitte, lassen Sie es mich erklären. Es dauert nur ein paar Minuten.«

»Verschwinden Sie aus meinem Leben.«

»Wenn Sie mir nicht zuhören, wird Ihr Leben in einem einstürzenden Gebäude enden.«

Julie Fenshaw zog die Tür ganz auf. »Und wenn Sie nicht aufhören, mich zu belästigen, werde ich Sie dem Dekan melden.«

»Es ist mir todernst, Mrs Fenshaw.«

Julie Fenshaw knallte die Tür ins Schloss.

April kniff die Augen zu und zählte bis zehn, dann klingelte sie erneut, aber die Tür blieb geschlossen.

April stand mit dem Rücken zu ihrer Mutter am Fenster. Die Bäume am Straßenrand sahen fast lebendig aus. Wütend schüttelten sie ihre Äste im Wintersturm und ließen die Dunkelheit noch bedrohlicher wirken.

»Mum, erinnerst du dich an die Zigeunerin?«

Imogen, die ein leises Medley aus Rockballaden sang und dazu Akkorde auf ihrer Gitarre zupfte, wechselte die Tonart und schnulzte eine sehnsuchtsvolle Zigeunerweise. »Sie war eine Tzigane.«

»Egal, was sie war, sie hat mir sehr geschadet. Sie nannte meine Hellsichtigkeit eine böse Gabe und sagte, meine Visionen würden die schrecklichen Ereignisse erst herbeirufen. Ich war damals erst zwölf. Diese schlimmen Worte haben mir den letzten Rest meiner Lebensfreude genommen. Und du hast einfach daneben gesessen, zustimmend genickt und mich nicht verteidigt. Du hattest dich mal wieder aufgemöbelt, wie du es nanntest, aber ich habe schon damals verstanden, was es wirklich hieß: dass du high warst. Zu high, um zu merken, dass dein Kind sich nicht mehr zu helfen wusste.«

Imogen spielte einen Mollakkord. »Aber hinterher habe ich dir gesagt, dass du diesen Unfug, den die Tzigane geredet hat, nicht glauben sollst.«

»Ich war jung und leicht zu beeindrucken.«

Imogen sang weiter. Musik war ihre Antwort auf alles.

April dachte an Tommy, den kleinen Nachbarjungen, auf den sie als Teenager manchmal aufgepasst hatte. Sie hatte ihm gerne Schlaflieder vorgesungen. Eines Abends hatte er sich beschwert, dass er nicht einschlafen konnte. »Erst musst du den Bäumen sagen, dass sie mit dem schrecklichen Geheule aufhören sollen. Die machen immer Wind mit ihren Ästen und davor habe ich Angst. Sag ihnen, sie sollen aufhören.« Und sie hatte sich gewundert, warum diese Vertauschung von Ursache und Wirkung sie damals so tief berührt hatte. Dann war ihr klar geworden, dass die Tzigane den gleichen Irrtum begangen hatte.

»Nicht meine Visionen verursachen die Unglücke.« Aprils Flüstern wurde verschluckt vom Gesang des Windes und der Melodie, die ihre Mutter summte. »Meine Visionen sind die Äste, die sich in meinem Geist bewegen, zum Schwingen gebracht vom Wind der Zeit.«

Imogen hatte tatsächlich zugehört. »Du, das ist ja richtig poetisch. Daraus kann ich einen Song machen.« Sie erfand die Melodie, während ihr die Worte in den Sinn kamen. »*Cold winter nights and stormy April days. I forgot what it is like to feel free in so many ways.*«

April löste sich von der trüben Aussicht und drehte sich um. »Ich hatte wieder eine Vision, Mum.«

Das Plektrum hielt mitten im Akkord inne. »Was? Gerade eben?«

»Nein, zwei Tage vor Weihnachten.«

Der Barhocker knarrte, als Imogen hinuntersprang. Sie hielt die Gitarre vor ihre Brust wie ein Schild. »Warum hast du mir nichts davon gesagt?«

»Ich wollte nicht, dass du von meiner Affäre mit einem meiner Profs erfährst.«

»Ach, Mäuschen, ich bin doch nicht prüde.«

April zierte sich ein wenig, aber dann rückte sie doch mit der ganzen Geschichte heraus.

»Das ist schrecklich.« Imogen lehnte die Gitarre ans Fensterbrett und kratzte sich am gepiercten Nasenflügel. »Wann geht dieser Flug nach San Francisco?«

»In zwei Stunden.«

»Dann ist es ja vielleicht noch nicht zu spät. Ich rufe am Flughafen an.«

»Und was sagst du denen?«

»Dass eine Bombe an Bord ist.«

»Die können deinen Anruf zurückverfolgen.« April schloss ihre Finger um den Gitarrenhals. »Du willst doch nicht in Zukunft mit einer Gefängnisband auftreten.«

Imogen lachte auf und tätschelte Aprils Backe. »Ich glaube, du warst nur mitgenommen, weil deine Beziehung zu diesem Prof außer Kontrolle geriet. Wenn ich mir das recht überlege, dann ist ein Erdbeben eine ziemlich große Katastrophe, und deine Visionen betrafen bisher immer nur kleine, private Tragödien. Du bist schließlich nicht Nostradamus.«

2013

Chance

3/13

April lehnte die Wohnungstür an und ging runter, um ihrer Mutter die Haustür zu öffnen. Der Summer funktionierte nicht besonders zuverlässig. Das erste, was sie sah, war ein orangefarbener Mopp. »Ach du je, was hast du mit deinen Haaren gemacht?«

Imogen Stevenson schüttelte ihre wirren Locken. »Ich habe das Henna etwas zu lange draufgelassen. Sieht irgendwie cool aus, findest du nicht?«

»Mit fünfzig hat man nicht mehr cool auszusehen.«

»Wenn dein Bruder Kevin noch leben würde, hätte er bestimmt nicht so spießige Ansichten wie du.«

Imogen rauschte an April vorbei ins Treppenhaus und drehte sich einmal um sich selbst. »Nett. Nicht gerade das Ritz, aber wirklich hübsch. Wozu sind diese ganzen Hinweisschilder? BITTE LEGEN SIE DIE POST AUF DEM TISCH NEBEN DER EINGANGSTÜR AB. Aha. Und das da.« Sie deutete mit einem knallroten Fingernagel auf einen anderen Zettel an der Wand, auf dem stand: BITTE ÜBERPRÜFEN SIE BEIM WEGGEHEN UND WIEDERKOMMEN, OB DIE TÜR ORDENTLICH INS SCHLOSS GEFALLEN IST. »Ich schätze, jeder Londoner ist schlau genug, seine Tür nicht einfach offen stehen zu lassen.«

»Das Schloss ist etwas ausgeleiert, darum der Hinweis für die Touristen, an die das Apartment im Erdgeschoss vermietet wird.«

April war schon auf der ersten Stufe, als sie Charles' sanfte Stimme hörte: »Na na na, April, du hast mir nie gesagt, dass du so eine attraktive Schwester hast.«

»Charles, darf ich dir meine Mutter vorstellen«, sagte April genervt. »Mum, das ist Charles Dunford, der Vermieter.«

Seine Kulleraugen wanderten zwischen den beiden Frauen hin und her. »*Enchanté.*«

»*Pas de quoi*«, trällerte Imogen. April grinste. Was ihre Mutter so daherredete, war ihr schon lange nicht mehr peinlich.

Charles rückte seine langen Wimpern mit einer Kopfbewegung effektvoll ins trübe Flurlicht. »Ganz die Tochter. Hat sie die Fremdsprachen alle von Ihnen gelernt?«

Imogens Lachen echote durchs Treppenhaus. »Nein, aber ich bin natürlich sehr stolz auf sie. Haben Sie diese ganzen Schilder geschrieben?«

»Oh, ja, Madam. Westminster ist der Bezirk mit der höchsten Kriminalitätsrate. Da will man doch keine Risiken eingehen. Kann ich Ihnen mit dem Koffer behilflich sein?«

»Danke, aber den habe ich schon den ganzen Weg von Marble Arch hierher geschleppt. Ich bin kräftiger als ich aussehe.«

Charles entblößte seine grellweißen Zähne mit einem schiefen Lächeln, wünschte Imogen noch einen schönen Aufenthalt und verzog sich wieder in seine Parterrewohnung.

»Er sieht aus wie Brad Pitt«, schwärmte Imogen, als April ihr die Wohnungstür im ersten Stock aufhielt.

»Wer?«

»Dein Vermieter. So ein gut gebauter Mann.«

»Ich meinte, wer ist Brad Pitt?«

»In welcher Welt lebst du eigentlich?« Imogen tanzte durch die Zimmer und rief »Oh« und »Ah«. April packte inzwischen den Koffer aus.

Ihr war zusehends unwohler zumute. Russells Tod hatte ihr Leben in einer Weise verändert, die sie trotz Hellsichtigkeit nicht hatte vorhersehen können.

Julie Fenshaw hatte es sich nicht nehmen lassen, ihrem gesamten Bekanntenkreis von Aprils Besuch zu erzählen. Alle hatten sich bestimmt köstlich darüber amüsiert, wie Russells Ex-Geliebte sich aufgespielt hatte. Aber dann waren Russel und Julie umgekommen, als ihr Hotel in San Francisco einstürzte. April hatte gespürt, wie es passierte. Die Welt um sie herum brach ein. Möbel krachten unter Trümmern zusammen, Glas zerbarst, Rauch und Staub wirbelten auf, etwas schien ihren Körper zusammenzupressen und sie wusste, dass sie soeben Russells Tod erlebt hatte.

Danach war sie nicht mehr das Ziel von Gespött, sondern - was viel schlimmer war - einer morbiden Faszination, da sie die »dunkle Gabe« hatte, ein gefundenes Fressen für die Presse. Imogen hatte aus dem unerwarteten Ruhm, der auch auf sie abfärbte, das Beste gemacht und sich Engagements besorgt. Sie trat mit ihren Songs von da an in noblen Bars anstelle schummriger Clubs auf.

April hatte das Schlechteste daraus gemacht. Sie wurde zum sozialen Außenseiter. Ihr Examen bestand sie, ohne es richtig zu registrieren. Sie fand einen Job, ohne sich groß darum zu bemühen. Sie verlor den Job wieder und hätte schon nach drei Tagen nicht mehr sagen können, wie ihre ehemaligen Kollegen hießen. Nirgends konnte sie sich lange halten. Imogen versuchte vergeblich, sie immer mit ihren oberflächlichen Lebensweisheiten aufzumuntern.

April wusste, dass ihr Problem tiefer lag. Es war nicht ihre Gleichgültigkeit der Umwelt gegenüber, die sie zum Außenseiter machte, sondern ihre Andersartigkeit, die sie nicht unter Kontrolle hatte. Nie konnte sie im Beisein von Menschen völlig entspannt sein, denn jede Sekunde könnte sie wieder eine Vision haben. Sie zog sich lieber in ihr Schneckenhaus zurück, als für irgendjemanden etwas zu empfinden.

Nachdem ihr zum vierten Mal eine Stelle gekündigt worden war, hatte Mum sie kurzerhand aus dem Haus geworfen. »Es wird Zeit, dass du für dich selber sorgst.«

Nach dem ersten Schock war April begierig gewesen, alle Brücken abzubrechen und einen Neubeginn zu wagen. Daher der Umzug nach London.

April stapelte die hippen Klamotten ihrer Mutter in den Wandschrank. »Fertig.«

»Prächtig, dann lass uns losziehen. Drei Tage sind viel zu kurz, um so richtig einen drauf zu machen.«

»Wie wäre es –«

»Du musst mir zeigen, wo das Übersetzungsbüro ist, in dem du arbeiten wirst. *Ravioli.*«

»*Linguini.*«

»Ja, genau, irgendeine Nudelsorte.«

»Das soll ein Wortspiel sein. LINGU steht für Sprache, wie in dem lateinischen Begriff lingua, und INI sind die Initialen des Besitzers, Ian Nicholson. Was ich aber fragen wollte, war, wie es jetzt mit einer schönen Tasse Tee wäre, bevor wir gehen.«

Imogen war schon an der Tür. »Du bist vielleicht eine Tranfunzel. Wir können doch unterwegs etwas trinken.«

Cecilia London schob ihren Koffer durch die enge Tür und ließ sich aufs Bett fallen. Sie hatte mit ihrer Freundin Sylvie einen herrlichen Osterurlaub auf Kreta verbracht. Schwimmen, Sonnenbaden, mit griechischen Adonissen flirten. Ihre hellroten Locken waren fast blond gebleicht und ihre Sommersprossen hatten sich über den ganzen Körper ausgebreitet.

Rick hatte ihr die Reise zu ihrem dreiundzwanzigsten Geburtstag spendiert. War er nicht ein Schatz? Detective Inspector Frederick London - weltbester Onkel und für sie außerdem ein Vaterersatz.

Cece schielte zur Nachttischuhr. Rick arbeitete montags immer länger, aber sie könnte ja trotzdem in seine Wohnung rübergehen. Auch im Urlaub hatte sie nicht aufgehört, ihr Manuskript im Geist durchzugehen. Ihr waren ein paar tolle Ideen gekommen, die sie besser gleich aufschrieb, bevor sie in den dunklen Tiefen ihres Bewusstseins verschwanden.

Rick wohnte auf der anderen Seite der Hamilton Terrace in St. John's Wood, eine der nobelsten Adressen Londons. Rick konnte sich diese teure Gegend nur leisten, weil er das Haus von Michael geerbt hatte, mit dem er zehn Jahre lang zusammen gewesen war, bevor er vor zwei Jahren an Lungenkrebs starb. Rick schien das Schlimmste überwunden zu haben, aber Cece beobachtete ihn immer noch ganz genau, nahm jede Stimmungsschwankung wahr, jedes noch so kleine Anzeichen dafür, dass er depressiv zu werden drohte. Sie liebte ihn so sehr, dass sein Schmerz auch ihr Schmerz war.

Cece duschte hastig, zog etwas aus dem Kleiderschrank, schlüpfte hinein, lief über die Straße und betrat Ricks Haus. Sie nahm zwei Stufen auf einmal. Vielleicht war er doch schon da. Aber wahrscheinlicher war, dass sie einfach nur Chaos vorfand, denn obwohl Rick unheimlich ordnungsliebend war, konnte er selbst nicht mal ein Hemd zusammenlegen oder zwei Bücher parallel aufstellen. Es machte Cece nichts aus, seinen Haushalt zu organisieren. Er hatte so viel für sie getan, damals, als ihre Eltern sie vor die Tür gesetzt hatten.

Nach zwei Wochen Abwesenheit würde sie bestimmt einen gründlichen Frühjahrsputz hinlegen müssen. Sie schloss die Wohnungstür auf, ging ins Wohnzimmer und fand es tadellos sauber vor. Sehr merkwürdig. Dann hörte sie schlurfende Schritte aus der Küche kommen, drehte sich um und fand sich plötzlich an einen üppig gepolsterten Busen gedrückt und von Lilienduft eingenebelt.

Sie befreite sich und betrachtete befremdet eine Matrone in Rüschenbluse und Faltenrock. Weiße Omalocken umrahmten ihr rosig-runzliges Gesicht. Sie lächelte so breit, dass es aussah, als würde ihr Mund einmal um den ganzen Kopf herum reichen.

»Also, Cecilia! Was bist du für ein großes Mädchen geworden. Erkennst du mich denn gar nicht? Ich bin deine liebe Tante Ellie.«

Liebe Tante Ellie? Irgendwie kam sie ihr schon bekannt vor, aber genau einordnen konnte Cece sie nicht, und dabei war sie sicher, alle ihre Tanten und Onkels zu kennen. Sie zwang ihre Stirn, sich zu glätten. »Hallo, äh, Tante Ellie.«

»Ich fürchte, Frederick ist noch nicht da. Ich sage ihm ständig, dass er viel zu hart arbeitet. Nie ist er vor halb acht daheim.«

Cece machte einen zögerlichen Schritt in Richtung Arbeitszimmer. »Das macht nichts. Ich wollte nur an seinem PC schreiben.« Cece hatte an dem Manuskript jahrelang gearbeitet, bevor sie Rick ihren handgeschriebenen Entwurf gezeigt hatte. Er hatte ihm so gut gefallen, dass er ihr anbot, das Werk in seinem Arbeitszimmer zu vollenden, denn dort hatte sie eine tolle Aussicht, und er meinte, nur so könne man inspiriert arbeiten.

»Ach ja, Frederick erwähnte, dass du Schriftstellerin werden willst. Wie aufregend.«

Cece zuckte die Schultern. »Manchmal ist es ganz schön frustrierend. Du solltest mal meine Absagen lesen. Ein ganzer Stapel. Ich fürchte, ich muss das erste Kapitel völlig umschreiben. Tu einfach so, als wäre ich nicht da.«

Ellie tätschelte wohlwollend Ceces Schulter. »Wenn die Muse in den Himmel steigt, lass sie ihre Flügel ausbreiten und sich erheben in die Weiten, wo sie ihre wahre Schönheit zeigt.« Sie zwinkerte. »Das ist von mir. Ich habe auch eine poetische Ader. Setz dich einfach hin und schreibe. Ich kümmere mich um alles andere.«

Cece ging den PC hochfahren. Kaum hatte sie angefangen, vergaß sie auch schon alles um sich herum und ließ sich vom Fluss der Worte forttragen. Sie nahm kaum mehr wahr, wie ihre Finger über die Tasten huschten. Sie entschwand in die Welt, die sie vor ihrem geistigen Auge erstehen ließ.

Mit einem Knall stürzte alles in sich zusammen und ihre Hände verhaspelten sich. Sie brauchte einen Moment, um ihre Augen zu justieren, dann sah sie Tante Ellie, die einen Teller mit Sandwiches brachte.

»So, mein Mädchen, da wäre deine Stärkung. Ich habe vier Sorten gemacht.« Sie deutete auf die einzelnen Dreiecke. »Schinken mit Senf, Ei mit Kresse, Käse mit Zwiebeln und Thunfisch mit Majonäse.« Sie stellte den Teller neben dem Bildschirm ab. »Natürlich kann ich dir auch alles andere machen, was du gerne hättest.«

Cece brachte ein Lächeln zustande. »Danke, die sind prima. Mag ich alles sehr gerne.« Um ihren guten Willen zu zeigen, griff sie nach einem Sandwich und biss ab. »Das beste Thunfischsandwich, das ich je hatte«, sagte sie kauend.

»Und was würdest du gerne trinken?«

»Wasser bitte.«

»Mit oder ohne Kohlensäure?«

»Egal, was da ist.«

Falsche Antwort. Ellie hielt die Hände hoch und begann, die Auswahl an den Fingern abzuzählen. »Stilles Wasser, Mineralwasser, Orangensaft, Rotwein, Bier, Kaffee, schwarzer Tee, Kräutertee. Und natürlich Milch.«

»Stilles Wasser, bitte. Aber du brauchst mich nicht zu bedienen, Tante Ellie.« *Lass mich einfach nur in Ruhe arbeiten*, fügte sie in Gedanken hinzu.

»Ach, das mach ich doch gerne. Du kannst dich ja bedanken, indem du mir deinen zukünftigen Bestseller widmest.«

Cece rang sich ein Lächeln ab.

»Wasser kommt sofort.« Tante Ellie trottete davon. Cece aß das Thunfischsandwich auf. Ellie kam wieder und stellte das Wasserglas aufs Mousepad.

»Vielen Dank.« Betont wandte Cece sich dem Bildschirm zu und las, was sie bisher geschrieben hatte, um den Faden wieder zu finden.

»Brauchst du sonst noch etwas?«

»Fünf Minuten Ruhe«, sagte Cece, ohne nachzudenken.

»Junge Dame, es gibt keinen Grund, schnippisch zu werden.« Ellie schüttelte indigniert den Kopf. »In deinem Alter hatte ich diesen ganzen Luxus nicht. Einen Computer, eine eigene Wohnung, Fernreisen! Wie gerne hätte ich fremde Länder gesehen.«

Wie gerne hätte Cece Tante Ellie jetzt in ein sehr fernes Land geschickt. Aber sie musste Ellie irgendwie loswerden, ohne ihre Gefühle zu verletzen. Sie nahm sich noch ein Sandwich. »Schmeckt erstklassig.«

»Du warst gerade in Griechenland, hat Frederick erzählt. Ich lese so gerne die griechischen Philosophen. Plato, Aristoteles. So viel Weisheit, ihrer Zeit weit voraus.« Jetzt kam sie anscheinend erst richtig in Fahrt.

Cece schickte ein stilles Stoßgebet ab. *Lieber Gott, auch wenn ich mir nicht sicher bin, ob ich an dich glaube, wäre ich dir sehr dankbar, wenn du durch ein Wunder Ellie irgendwie aus dem Zimmer schaffen könntest.*

In der Wohnungstür drehte sich ein Schlüssel. Cece sprang auf, witschte an Ellie vorbei und warf sich in Ricks Arme. »Hilfe«, flüsterte sie ihm ins Ohr, bevor sie seine Backe mit Küssen bedeckte.

»Ich schaff sie dir vom Hals«, flüsterte er zurück. Laut fragte er: »Wie war dein Flug, Süße? Du bist ja richtig braun geworden.«

»Alles war super. Sei mir nicht böse, wenn ich jetzt nichts erzählen will, ich bin inspiriert.« Sie machte ein bedeutungsvolles Gesicht, aber er hatte längst begriffen.

»Na klar, Schatz. Schließ dich am besten im Arbeitszimmer ein. Ich verspreche dir, dass wir dich nicht stören werden.« Mit besonderer Betonung auf *Wir*.

Sie hauchte ihm noch einen Kuss zu, dann verschanzte sie sich schnell, bevor Ellie ihr noch mal auflauern konnte.

Indiskretion

4/13

April wäre froh gewesen, wenn sie noch einen Vorrat an Librium gehabt hätte. Sie hatte ganz vergessen, wie aufreibend ihre Mutter sein konnte.

Gähnend streckte sie sich und öffnete die Augen nur einen kleinen Schlitz. Es war schlimmer, als sie erwartet hatte. Mit dem Inhalt eines einzigen Koffers hatte Imogen ein heilloses Durcheinander im Schlafzimmer veranstaltet. Natürlich war sie schon aufgestanden. Imogen war viel zu energiegeladen, um es nach sechs Uhr noch im Bett auszuhalten. Wie es wohl in ihrem Haus in Cambridge aussah, jetzt wo April nicht mehr da war, um aufzupassen, dass Imogen nicht das schmutzige Geschirr in die halbausgeräumte Spülmaschine zwischen die sauberen Teller steckte? Wer würde sie daran erinnern, nachts die Tür abzuschließen? Und würde ihr Freund jetzt einziehen, dieser Nichtsnutz? Oder war April überfürsorglich und bildete sich nur ein, dass ohne sie alles in Chaos versinken würde? Vielleicht kam Imogen ja doch ganz gut ohne ihre Tochter zurecht.

April stand auf und ging zum Bad. Dabei hörte sie aus dem Wohnzimmer eine Unterhaltung. Eine der Stimmen war männlich. Imogen hatte doch nicht etwa ihren Freund nachkommen lassen? Ihr war wirklich alles zuzutrauen.

April lugte durch die halboffene Tür. Sie konnte ihre Mutter, die gerade ein Brötchen butterte, im Profil sehen, vertieft in ein Gespräch mit einem großen Blonden, der in einem schwarzen T-Shirt mit dem Rücken zu April am Tisch saß. *Oh, nein! Bitte nicht den Schönling Charles!* April hatte ihn sich bis jetzt mühsam vom Hals halten können. Und nun hatte Imogen ihn zum Frühstück eingeladen, was ihn sicher zu weiteren Aufdringlichkeiten ermutigen würde.

Eigentlich hielt April nichts davon, jemanden zu belauschen, aber sie musste wissen, was Imogen alles ausplauderte und wie viel Schaden sie anrichtete. Vielleicht konnte April ja später wieder einiges klarstellen. Sie wich zurück, damit sie nicht in Imogens Blickfeld war.

»... sieht man kaum noch etwas. Die Haut ist nur noch etwas verfärbt«, sagte Charles.

»Ich habe an beiden Fußgelenken Tätowierungen, und ich würde sie nie entfernen lassen«, sagte Imogen. »Schau mal.«

»Schlangen. Wow. Warst du immer schon so cool drauf?«

Imogen kicherte. »Das schwarze Schaf der Familie. Meine Brüder sind Akademiker, der ganze Stolz meiner Eltern. Mich hat man in die Schule prügeln müssen. Ich stand mehr auf Sex, Drugs and Rock'n'Roll. Ich habe als Groupie in einer Kommune mit einer Band gelebt, habe Gitarre spielen gelernt, kann ganz nett singen und dazu mit dem Hintern wackeln. Noch Kaffee?«

»*Merci, ma chère.*«

»Als Kevin auf die Welt kam, wollte ich einfach frei und locker weiterleben, aber Kevins Erzeuger, Bernie, der in der Band Schlagzeug spielte, machte mir einen Heiratsantrag. Plötzlich wurde alles anders. Die Band löste sich auf, Bernie machte eine Lehre als Bankkaufmann, und wir zogen in eine spießige Reihenhaussiedlung. Bernies Familie hat mich auf Anhieb nicht leiden können, vor allem seine Mutter. Die war so ein Putz-Back-Koch-Teufel, der reinste Drachen.«

Charles murmelte eine Frage, die April nicht genau verstand.

»Ich wollte sie June nennen«, antwortete Imogen. »Aber sie kam fast zwei Monate zu früh zur Welt. Da hat mich die Realität knallhart eingeholt. Sie war so klein und zerbrechlich, und das war alles meine Schuld, weil ich während der Schwangerschaft gekifft habe. Vielleicht ist sie deswegen übersinnlich veranlagt.«

Wenn April richtig angezogen gewesen wäre, wäre sie jetzt ins Wohnzimmer gestürmt, um Imogens Redefluss zu stoppen, aber die Vorstellung, wie Charles sie in ihrem dünnen Seidennachthemd lüstern anstarrte, hielt sie zurück. Es war typisch für Imogen, immer auf die unmöglichsten Männer abzufahren.

»April war ein Wunderkind. Die kleinste in der Klasse, unsportlich, schüchtern, hochsensibel und überintelligent. Und mit fünf Jahren hatte sie dann ihre erste Vision. Wenn ich doch nur besser aufgepasst hätte, dann hätte ich vielleicht verstanden, dass es eine Warnung sein sollte und hätte Bernie und Kevin nicht wegfahren lassen.«

April hatte genug gehört. Sie huschte ins Schlafzimmer zurück, versteckte sich unter der Bettdecke, tat so, als hätte die Welt um sie herum aufgehört zu existieren, und flüsterte Bobo Trostworte zu.

Cece schlief sich so richtig aus, was nach den unruhigen Träumen von angreifenden Killersandwiches auch dringend nötig war. Sie räkelte sich gähnend und überlegte krampfhaft, wie sie sich heute in Ricks Arbeitszimmer schleichen konnte, ohne von der »Lieben Tante Ellie« abgefangen zu werden. Sie könnte auch bei sich auf ihrem Laptop weiterarbeiten, aber das war längst nicht so bequem.

Es klopfte an der Tür. »Juhu, ich bin's«, zirpte Tante Ellie.

Cece fluchte leise vor sich hin und ging öffnen.

»Noch im Schlafanzug, junge Dame? Schau mal, ich habe deine Wäsche mitgebracht.« Sie drängte sich an Cece vorbei und stellte einen Wäschekorb aufs Bett, randvoll mit ordentlich zusammengelegten T-Shirts und Kleidern. Die hatte Cece gestern Abend noch schnell in Ricks Waschmaschine gestopft. Jetzt war alles trocken und gebügelt.

»Danke«, sagte Cece, obwohl sie Ellie in diesem Moment am liebsten erdrosselt hätte.

Ellie öffnete den Kleiderschrank und begann, die Sachen einzuräumen. »Hier ist ja kaum Platz. Und dieses Zimmer ... ist das die ganze Wohnung?«

»Mehr brauche ich nicht.« Cece gähnte und schlurfte ins Bad. Ellie schloss den Schrank und ging ihr unaufgefordert hinterher.

»Frederick hat dieses riesige Dreifamilienhaus. Er könnte einen der Mieter rauswerfen, damit du einziehen kannst.«

»Er braucht die Mieteinnahmen.« Cece spritzte sich kaltes Wasser ins Gesicht.

»Hast du denn keinen Beruf?«

»Ich habe Medienwissenschaften studiert, und ich verdiene ein bisschen, indem ich Zeitungsartikel schreibe.«

»Na, davon kann man wirklich nicht leben. Und wer zahlt die Miete für diese Wohnung hier?«

»Rick.«

Ellie machte ts-ts. »Du nutzt ihn ja nach Strich und Faden aus.«

»Nein, ich tue auch etwas dafür. Ich kümmere mich um seinen Haushalt.« Warum verteidigte sie sich überhaupt? Sie quetschte Zahnpasta auf die Zahnbürste und schrubbte sich die Zähne.

»Jetzt ja wohl nicht mehr, meine Liebe.«

Cece, den Mund voller Zahnpastaschaum, hielt die Luft an. Sie hatte gedacht, Ellie wäre nur kurz auf Besuch und keine Dauerinstitution.

Ellie inspizierte das enge Badezimmer. »Diese Duschkabine gehört mal gründlich entkalkt. Sieht so aus, als ob nicht nur Frederick eine Haushälterin bräuchte.«

Cece spuckte den Schaum ins Waschbecken. »Oh nein, Tante Ellie. Du wirst dich hier nie wieder blicken lassen. Meine Wohnung ist Sperrgebiet. *Capice?* Dieses Herumschnüffeln in meiner Privatsphäre kann ich nicht gebrauchen.« Sie schob Ellie nach draußen und knallte die Tür hinter ihr zu. Na also!

Aber das Triumphgefühl hielt nicht lange an. Ihre übliche Morgenroutine bestand darin, in Ricks Küche zu frühstücken, aufzuräumen und zu putzen, und dann zu schreiben, bis ihr die Inspiration ausging. Aber jetzt, wo sie sich Ellie endgültig zur Feindin gemacht hatte, war das wohl nicht drin.

Es half nichts, sie musste sich entschuldigen gehen. Außerdem war es Rick sicher nicht recht, wenn sie zu grob mit dem lieben Tantchen umsprang. Viel Familienanschluss hatte er ja nicht.

Kaum hatte sie Ricks Wohnungstür aufgeschlossen, bombardierte Ellie sie mit Vorwürfen. Wie undankbar, lieblos, gefühlskalt sie sei und so weiter. Cece vergaß ihre guten Vorsätze und tat so, als wäre Ellie nur eine Fata Morgana.

Aber Ellie war einfach nicht abzuschütteln. Selbst als Cece sich sicher im Arbeitszimmer verschanzt hatte, blieb der Belagerungszustand ungebrochen. Immer wieder klopfte Ellie an die Tür und riss Cece aus dem kreativen Fluss.

Endlich kam Rick heim und Cece wagte sich aus der Deckung. Sie fand Rick in der Küche mit einem Bier. »Die Luft ist rein. Ellie badet gerade.«

Cece seufzte auf und probierte etwas Hähnchensalat. »Ich fürchte, ich habe deine neue Haushälterin vergrätzt.«

»Sie ist nicht meine Haushälterin. Sie ist eine Naturgewalt. Ich bin mir nicht einmal sicher, wer sie ist und wie sie richtig heißt. Elizabeth, Eleonore oder Ellen. Sie ist nur eine entfernte Verwandte, die ich vor Jahren auf einer Hochzeit oder Beerdigung getroffen habe. Seit sie hier ist, kann ich nicht einmal mehr in Ruhe Klavier spielen.«

»Dann schau, dass du sie schnell loswirst.«

»Glaube mir, ich habe alles versucht, aber sie stellt sich taub, wenn ich frage, wann sie abzureisen gedenkt. Ich habe herumtelefoniert. Ellie lebt normalerweise bei ihrem Sohn Donavan, und er ermutigt sie ständig, die Verwandtschaft abzuklappern. Nur Brian war schlau genug, sie gar nicht erst über seine Schwelle zu lassen.«

»Schade, bei ihm wäre sie bestens aufgehoben gewesen.« Brian war Ceces Vater und Ricks Bruder, ein sittenstrenger und unfroher Charakter. »Vielleicht hätte Ellie es sogar geschafft, ihn zum Lachen oder wenigsten zum Weinen zu bringen.«

Rick trank sein Glas leer. »Und inzwischen bringt sie uns zur Verzweiflung.«

»Bestimmt packt Donavan ihr auch die Koffer und setzt sie höchstpersönlich in den Zug, nur um sie los zu sein.«

Rick grinste. »Der arme Junge ist sogar so weit gegangen, sich einen Hund anzuschaffen. Ellie verabscheut Hunde. Du kannst zu ihr so unfreundlich sein wie du willst, es ist ihr immer noch lieber, als sich mit einem sabbernden Hund abzugeben.«

Grübchen

5/13

Am Donnerstagmorgen zog April sich in Grautönen an, die ihre langen, schwarzen Haare zum Glänzen brachten. Sie deckte gerade den Frühstückstisch, als es an der Tür klopfte. *Dreimal darf ich raten, wer das ist,* dachte sie mürrisch und ging öffnen.

Charles entblößte seine Zähne in einer Art, die er wohl für ein unwiderstehliches Lächeln hielt. »Hallo, Schatz.«

»Ich heiße April.«

»Aber ja, weil du zwei Monate zu früh auf die Welt kamst. Ist Imogen schon auf?«

»Nein.« Wenn sie ihm gesagt hätte, dass ihre Mutter Croissants holen gegangen war, hätte er sich womöglich selbst zum Frühstück eingeladen.

Charles machte ein enttäuschtes Gesicht. »Tja, wo sie doch heute wieder geht ... Ich wollte mich nur verabschieden.«

»Dann komm in einer Stunde wieder.« Sie knallte die Tür zu und ging Kaffee in den Filter löffeln.

Imogen kam ein paar Minuten später fröhlich summend hereingerauscht. Sie verteilte Brötchen und Croissants auf den Tellern und küsste April auf die Wange. Ihre perlenbesetzte Weste kitzelte April am Arm.

»Maus, du musst mir einen Koffer leihen. Meiner war schon als ich kam so voll, dass ich ihn kaum zugekriegt hab. Und jetzt, mit dem ganzen Zeug, das ich gekauft habe ...«

»Wenn man Sachen faltet, anstatt sie einfach zusammenzurollen, passt doppelt so viel in einen Koffer.« April hoffte, sie hatte nicht allzu belehrend geklungen. »Ich werde für dich packen.«

»Du bist so eine fürsorgliche Tochter.« Imogen suchte im Kühlschrank herum, ließ ihn offen, zog ziellos ein paar Schubladen auf. »Natürlich könnte ich auch noch ein paar Tage länger bleiben.«

April schloss den Kühlschrank mit einem Fußtritt. »Ich fange heute bei *Linguini* an.«

»Das stört mich nicht.«

April rang verzweifelt um Worte.

Imogen lachte. »Du solltest mal dein Gesicht sehen. Natürlich willst du deine verrückte Mutter schnell wieder vom Hals haben. Ein Wunder, dass wir es so lange zusammen in einem Haus ausgehalten haben.« Sie nahm das Tablett und trug es zum Esstisch. »Kommt unser Brad-Pit-Double heute nicht zum Frühstück?«

»Ich halte von Charles lieber Abstand. Er macht mich nervös.«

»Dich macht doch alles und jeder nervös. Du hättest lieber nicht damit aufhören sollen, Beruhigungsmittel zu nehmen.«

»Ich hätte lieber nie damit anfangen sollen, sie zu nehmen.« April setzte sich und butterte die Ecke eines Croissants.

»Ich trage jetzt ein Östrogenpflaster. Dadurch fühle ich mich wieder jung. Nicht, dass ich mich jemals alt gefühlt hätte«, sagte Imogen und kleckste reichlich Marmelade auf den Tellerrand. »Du solltest etwas mit deinen Haaren machen. Mit diesem faden Look findest du nie einen Freund. Du brauchst schickere Klamotten und Make-up.«

»Das waren drei ungebetene Ratschläge auf einmal.«

»Ich erwarte ja nicht, dass du heiratest. So altmodisch bin ich wirklich nicht. Aber Enkelkinder zu haben, fände ich schnuckelig.«

»Ich fände es aber nicht schnuckelig, Kinder zu haben.«

»Was ist das denn für ein Quatsch?«

April faltete ihre Hände auf dem Tischtuch. Das war ein heikles Thema. »Ich will keine Kinder haben, weil sie verwundbar und sterblich sind. Ich möchte nicht den Tod meines eigenen Kindes in einer Vision voraussehen. Du weißt selbst, wie furchtbar es für dich war, Kevin zu verlieren. So etwas vorher zu wissen und nicht verhindern zu können, das muss die Hölle sein.«

Ein langes Schweigen folgte. Schließlich setzte Imogen wieder ihr unermüdliches Lächeln auf. »Wir haben es noch nicht mit Homöopathie versucht. Es wirkt angeblich sogar, wenn man nicht daran glaubt. Man muss nur daran glauben, dass es auch dann wirkt, wenn man nicht daran glaubt.« Das Lächeln erstarb wieder. »Mäuschen, ich habe dich seit über zwanzig Jahren innerlich sterben sehen. Du musst aufhören, dich vor dem Leben zu verstecken.«

April fragte sich, ob sie ihre Mutter überhaupt kannte. War ihr ganzes fröhliches Getue aufgesetzt und diente wie die bunten Klamotten und der Schmuck nur als Tarnung für ihre zarte Seele? Oder überspielte sie damit ihre Oberflächlichkeit? April hatte noch nie hinter die Fassade blicken können. »Und du meinst, wenn ich mir einen neuen Haarschnitt verpassen lasse und mich mit Medikamenten vollpumpe, löst das meine Probleme? Ich verstecke mich nicht vor dem Leben, sondern vor den Menschen.«

»Was ist ein Leben ohne Menschen? Den anderen Menschen geht es doch genauso wie dir. Jeder hat seine Ängste und Unsicherheiten. Du bist nicht so einzigartig, wie du denkst.«

April fiel eine Metapher ein. »Stell dir ein Brett vor, das am Boden liegt. Kein Problem, drüberzulaufen, oder? Jetzt stell dir das gleiche Brett vor, wie es zwischen zwei Hochhäusern liegt. Das ist eine ganz andere Sache. Man muss nicht mal an Höhenangst leiden, um den Unterschied zu verstehen. Alles, was andere Menschen ganz selbstverständlich tun - sich mit Freunden treffen, ins Theater gehen, auswärts essen - alles das ist für mich unmöglich. Für andere liegt das Brett am Boden, für mich in schwindelerregender Höhe.«

Imogen hob den Saum ihres bodenlangen Rocks, rückte auf ihrem Stuhl näher zu April und streichelte zärtlich über ihren Handrücken. »Ich bin froh, dass du jetzt in London lebst. Hier ist so viel los, dass du bald keine Gedanken mehr an deine Visionen verschwenden wirst.«

April wäre lieber auf eine einsame Insel gezogen, aber das hätte Imogen nicht verstanden. Sie erhob sich. »Ich packe jetzt deinen Koffer.«

Während Imogen das Geschirr spülte, stellte April einen neuen Rekord im Kofferpacken auf. Ihre Gedanken eilten voraus. Unruhe machte sich breit, wenn sie an ihren ersten Arbeitstag dachte. Es verunsicherte sie stets, Menschen kennenzulernen. Da sie sich mit niemandem anfreunden wollte, bewegte sie sich in einem schmalen Korridor zwischen Unscheinbarkeit, die nicht schüchtern, und Höflichkeit, die nicht überheblich wirken sollte.

Es war leichter, wenn Bobo dabei war. Sein einstmals seidiges Fell war abgegriffen, seine langen Hängeohren voller Flecken. Je älter und schäbiger er aussah, desto lebendiger erschien er ihr. Daddy hatte ihn immer zu ihr sprechen lassen. »Gute Nacht, kleine Maus. Träum schön.« Ein Ritual, dass sie nach dem Tod ihres Vaters alleine weitergeführt hatte, indem sie Bobo ganz fest an ihre Backe drückte und sich selbst »Gute Nacht, kleine Maus« zuflüsterte.

Sie nahm ihn vom Kopfkissen und küsste ihn auf das rosa Näschen. War sie zurückgeblieben, weil sie mit einem Plüschhasen sprach? Das hatte ein Psychologe behauptet, als sie vierzehn war. Er hatte zu Imogen gesagt, dass ihre Tochter sich von diesem »falschen Freund« trennen müsse, um emotional zu reifen. April wusste damals schon, dass es keinen Sinn hatte, Ärzten zu widersprechen, also hatte sie eingewilligt, Bobo zu verschenken, und hatte dann den ganzen Heimweg bitter geschluchzt. Imogen ließ sie Bobo behalten, doch sie musste versprechen, nicht mehr mit ihm zu reden. Aber April war lieber geistig zurückgeblieben als völlig allein.

Mrs Guilford sah so aus, wie April mit fünfzig auszusehen hoffte. Sie hatte dunkle Augenbrauen, aber ihr Haar war weiß - nicht grau, ein reines, fast schon überirdisches Weiß. Sie trug es lang und glatt, ohne Pony. Eine Brille mit silberner Fassung betonte ihre Augen. Ihre Kleidung, ein hellgrauer Hosenanzug mit weißer Bluse, erzeugte den Eindruck, dass sie kein Problem mit dem Älterwerden hatte. April fragte sich, wie Imogen in so einem schlichten, eleganten Styling aussehen würde. Nein, das würde nicht zu ihrem ausgeflippten Benehmen passen.

»Guten Morgen, Mrs Stevenson«, sagte Mrs Guilford, erhob sich und reichte April mit einem angedeuteten Lächeln ihre kühle, schlanke Hand.

April unterdrückte den Impuls, einen Hofknicks zu machen. »Guten Morgen.«

»Ihr Büro ist das zweite auf der rechten Seite den Gang runter. Sie teilen es mit Miguel Santos und Stella Campion.«

Das Übersetzungsbüro in Cambridge, in dem sie bis vor kurzem gearbeitet hatte, war ein unpersönliches, vollklimatisiertes Großraumbüro gewesen. April fand die Vorstellung beruhigend, ihr Büro mit nur zwei Menschen zu teilen.

»Sie können kommen und gehen, wann sie wollen. Gleitzeit, keine festen Bürostunden. Mrs Campion bevorzugt es beispielsweise, erst gegen Mittag zu kommen und dafür bis Mitternacht zu arbeiten. An der Haustür ist ein elektronisches Sicherheitsschloss. Mr Nicholson ändert jeden Montag den Code. Ihn sollten Sie übrigens mit Sir ansprechen.« Mrs Guilford hielt kurz inne, um sicherzugehen, dass April auch alles mitbekam, dann fuhr sie fort. »Am Ende des Flurs ist ein Aufenthaltsraum mit einer Miniküche. Dort werden Sie im Laufe der Zeit alle anderen Angestellten kennen lernen.« Ihr Blick glitt an April vorbei. »Guten Morgen, Sir. Mrs Stevenson ist da.«

Ian Nicholson reichte Mrs Guilford seine Aktentasche. In schwarzem Anzug und schwarzer Krawatte sah der große, fleischige Mann wie ein Bestattungsunternehmer aus.

»Guten Morgen, Sir«, sagte April, wie es von ihr erwartet wurde.

»Ah, ja, ich erinnere mich, heute ist Ihr erster Tag.« Nicholson öffnete die Aktentasche, die Mrs Guilford auf den Schreibtisch gelegt hatte, und breitete einige Papiere aus.

April stand da wie bestellt und nicht abgeholt, aber dann sprach jemand sie von hinten an.

»Sie müssen das Kalendermädchen sein.«

Sie fuhr herum.

»April, May, June? Welcher Monat war es noch mal? Hi übrigens, ich bin Miguel.«

Seine Worte streiften sie fast ungehört. April hatte sich immer für immun gehalten, was gutaussehende Männer anbetraf, aber Miguel Santos war mehr als gutaussehend. Er sah aus wie ein Aztekischer Gott. Sein karamellfarbenes Gesicht war kantig und doch weich. In seinen dunklen Augen flackerte ein wärmendes Feuer. Seine Lippen waren voll und wohlgeformt, ohne feminin zu wirken. Mit seinem jungenhaften Lächeln und den anbetungswürdigen Grübchen strahlte er Zuverlässigkeit aus. April hätte ihn am liebsten auf der Stelle an sich gedrückt wie ihren plüschigen Bobo.

»Willkommen«, sagte er, als würde er gar nicht merken, wie verdattert April war.

Wie in Trance folgte sie ihm in das kleine, vollgestellte Büro. Die drei Schreibtische und das Bücherregal waren nicht die üblichen faden Büromöbel, sondern fast schon Antiquitäten, dunkel und glänzend. Auf jedem Tisch standen ein Monitor und eine Tastatur. Handgeschriebene Notizen waren überall hin gepinnt, fast wie in ihrem Hausflur. April las eine, die an der Seitenwand des Regals pappte. »*Ich glaube nicht an Reinkarnation. Ich habe schon in meinem letzten Leben nicht daran geglaubt.* Haben Sie das geschrieben?«

»Ja. Wir können ruhig du sagen.« Miguel zeigte ihr, welcher Schreibtisch ihr gehörte und erklärte ihr, wie die Arbeit hier organisiert war. Während sie seinen ausführlichen Erklärungen lauschte, überkam April ein ungeahntes Gefühl von Geborgenheit. Und das wiederum erzeugte in ihr den Wunsch, sich zu verstecken, bevor sich noch weitere unerwünschte Gefühle in ihr breit machten. Irgendwie hatte er ihre sämtlichen Schutzschilde durchdrungen, und wenn sie nicht aufpasste, verliebte sie sich womöglich noch in ihn; eine Qual, die sie sich nicht zumuten wollte. Bestimmt wirkte er auf jede Frau so, egal wie abgebrüht sie war. Neben diesem Ein-Mann-Wunder sollte sie jetzt fünf Tage die Woche arbeiten? Sie brauchte kein Beruhigungsmittel, sie brauchte eine Vollnarkose!

»So, das wär's fürs erste«, beendete er seine Ausführungen.

»Danke«, sagte sie reflexartig in dem hochmütigen Tonfall, der so oft ihr Schutzwall war. Dann setzte sie sich und nahm sich den kurzen spanischen Text vor, den er ihr zum Übersetzen gegeben hatte. Sie konnte problemlos mehrere Dinge gleichzeitig tun, nicht nur, weil sie eine Ausbildung als Simultandolmetscherin hatte, sondern auch, weil sie gelernt hatte, jeden sozialen Schachzug vorausberechnen, zugleich aber ihre wahren Gedanken zu verbergen. Während sie den Originaltext las und parallel dazu die Übersetzung tippte, beobachtete sie aus dem Augenwinkel Miguel, dessen Schreibtisch rechtwinklig zu ihrem stand. Er führte ein paar Telefongespräche, druckte einen Text aus, korrigierte ihn, las E-Mails und schien völlig in seiner Arbeit aufzugehen. April merkte nicht einmal, dass sie arbeitete. Sie war verwirrt. Einerseits konnte sie es nicht erwarten, dass er wieder etwas zu ihr sagte und sie mit seinen göttlichen Grübchen anlächelte. Andererseits hasste sie sich für diese Schwäche.

Imogen hatte Recht. Sie versteckte sich vor dem Leben. Sie war eine Maus, die nie aus ihrem Loch kam. Keine Katze würde sie je erwischen, stattdessen würde sie einfach in ihrem dunklen Loch verdursten. Na gut, sie könnte ja mal rausschnuppern aus ihrem Versteck.

»Kennst du Brad Pitt?« Eine dümmere Frage war ihr nicht eingefallen.

Miguel war zum Bücherregal gegangen, um etwas nachzuschlagen. Er wandte sich ihr zu - nicht nur mit dem Kopf, sein ganzer Körper schwang elegant herum. »Bist du ein Fan von ihm?« Er knipste sein teuflisches Lächeln an.

»Nein, ich ... meine Mutter findet, dass er gut aussieht. Ist er ein Rocksänger?«

»Rocksänger? Hast du noch nie von Brangelina gehört? Nein? Egal. Er ist Schauspieler. Absoluter Frauenschwarm. Ich könnte dir eine DVD leihen.«

»Ich habe keinen DVD-Spieler.«

»Dann schau doch mal bei mir vorbei und wir sehen uns den Film gemeinsam an.«

Gleichzeitig hochmütig und hingerissen zu sein, das ging nicht. Aprils Augen weiteten sich. Das war eindeutig eine Einladung gewesen, einen Abend mit ihm zu verbringen. »Danke, aber dieser Brad Pitt wäre sowieso nicht mein Typ, da er laut meiner Mutter aussieht wie mein Vermieter.« Warum nur hatte sie diese Unterhaltung angefangen? »Ich bin mit der Übersetzung fertig.«

»Rekordzeit. Druck sie aus, dann lese ich sie mir durch. Ich bin für die Qualitätskontrolle der spanischen und portugiesischen Texte zuständig.« Er fischte eine Diskette von seinem Schreibtisch. »Könntest du den bitte als nächstes machen?«

Sie nahm die Diskette und huschte schnell wieder in ihr Loch zurück.

In der Mittagspause stellte Miguel ihr jeden vor, der in den Aufenthaltsraum kam. Sie hatte erwartet, dass es sich bei dem Aufenthaltsraum um die übliche ungemütliche Angelegenheit handelte, die nicht dazu ermunterte, sich lange von der Arbeit abhalten zu lassen. Aber dieser Aufenthaltsraum konnte es mit einer Hotel-Lobby aufnehmen. Er war eingerichtet mit Sofas, Couchtischen, Kerzenleuchtern, einer Schrankküche und einem gemütlichem Essplatz. Das Dekor hatte etwas Dunkles, Höhlenartiges. Nicholson kleidete sich nicht nur wie ein Bestattungsunternehmer, er hatte *Linguini* wie ein Beerdigungsinstitut eingerichtet.

April hatte nicht daran gedacht, sich etwas zum Essen mitzubringen, aber Miguel teilte seinen Nudelsalat mit ihr. Er schaffte es sogar zu lächeln, während er kaute. »Ich habe deine Übersetzung gelesen. Du bist erstklassig.«

Ihre Wangen glühten. »Danke. Dein Nudelsalat ist auch erstklassig.« Da waren sie schon, die ersten Symptome von Verknallt sein: rot werden und dummes Zeug reden. April fragte sich, was wohl schlimmer wäre: wenn er ihre Gefühle erwidern würde oder nicht? Sie war Ende Zwanzig und zum ersten Mal im Leben dabei, sich zu verlieben. Imogen würde entzückt sein. Oder würde sie versuchen, selbst mit Miguel anzubandeln? Diesen Östrogenpflastern war nicht zu trauen.

»Hi, ich bin Stella«, unterbrach eine Altstimme Aprils Gedanken. Eine schlanke, großgewachsene Frau mit nordischen Gesichtszügen setzte sich neben Miguel und wickelte ein Sandwich aus.

Es passierte, noch bevor April die Begrüßung erwidern konnte. Stella drehte sich nach hinten, um jemanden zu bitten, ihr ein Glas Wasser zu reichen. Ihr langer, blonder Zopf folgte der Bewegung. Augenblicklich verengte sich Aprils Brust. Der Zopf wurde lebendig. Wie eine Schlange wand er sich um Stellas Nacken. Stellas Kopf bog sich in einem unnatürlichen Winkel nach hinten, ihre Augen traten hervor.

April wich zurück, fiel beinahe über ihren eigenen Stuhl und schrie: »Abschneiden.« Und dann noch einmal, noch schriller: »Abschneiden!«

Das Wasserglas rutschte Stella aus der Hand und ergoss seinen Inhalt über den Tisch.

April hatte sagen wollen: »Schneide deinen Zopf ab, oder du wirst von ihm erwürgt werden.« Aber in der plötzlichen Panik war ihr nur das eine Wort über die Lippen gekommen. Dazu kam noch ein Gefühl, das ihr neu war, und vor dem sie sich am liebsten verkrochen hätte. Als stünde sie zwischen zwei Spiegeln und sah die Spiegelung einer Spiegelung einer Spiegelung, und so weiter, bis ins Unendliche. Wie eine Resonanz zwischen ihrem Geist und dem von Stella, so stark, dass April fast das Bewusstsein verlor.

Mit dem letzten Rest ihrer Willenskraft brachte April sich dazu, zur Damentoilette zu rennen, wo sie ihr Gesicht unter den kalten Wasserstrahl hielt, bis sie ihre Haut nicht mehr spürte. Aus dem Spiegel über dem Waschbecken sah jemand sie an. Es war ihr Spiegelbild, aber doch nicht sie selbst. Eine Fratze wie aus einer anderen Welt. Verlor sie jetzt völlig den Verstand? Wurde sie schizophren?

Sie trocknete das Gesicht notdürftig mit den Händen ab. Mit zittrigen Beinen arbeitete sie sich den Gang hinunter zu ihrem Büro vor, ließ sich auf ihren Stuhl fallen und beugte die Stirn in ihre Handflächen. Nicht denken. Einfach ganz still sein. Immer hatte sie geahnt, dass sie eines Tages eine Vision haben würde, die ihren Verstand zerriss.

April nahm die Plastiktüte, die sie unter dem Schreibtisch verstaut hatte und holte Bobo raus. »Was war daran so schlimm?«, fragte sie leise. »Ein Zopf, der sich um einen Hals schlingt. Ich habe Menschen schon schlimmere Tode sterben sehen. In diesem Punkt irrt sich Mum. Sie denkt, dass ich mich vor dem Leben verstecke, dabei verstecke ich mich vor dem Tod. Ich habe erleben müssen, wie es ist, von Feuer verzehrt zu werden und von einem Motorrad überfahren. Ich habe das Entsetzen gespürt, als ein Fallschirm sich nicht öffnete. Ich wurde von einem einstürzenden Haus begraben. Ich bin ertrunken. Und demnächst werde ich erwürgt werden.«

Sie drückte Bobo, der sich nachgiebig ihrer Verzweiflung fügte.

»Jetzt hält mich hier jeder für übergeschnappt. Ich weiß wirklich nicht, wie ich mein Gekreische erklären soll, aber egal, ich will sowieso keine Freundschaften schließen. Kann mir doch schnurz sein, was andere von mir denken.« Sie lächelte traurig. »Ich glaube, ich verstecke mich vor dem Leben, dem Tod und allem, was es dazwischen gibt. Ich und mein Mauseloch sind eins.«

»Das verstehe ich nicht.« Miguel lehnte mit verschränkten Armen im Türrahmen. Ausnahmsweise lächelte er einmal nicht, sondern sah sie mit durchdringendem Blick an.

April versuchte, Bobo unter dem Schreibtisch zu verstecken. »Wie lange hörst du schon zu?«

Sein Gesichtsausdruck änderte sich, machte ihr Angst. Dann lösten sich seine Züge, er öffnete die Arme, trat mit zwei Schritten an Aprils Tisch und hob Bobo von ihrem Schoß. »Wir sind einander noch nicht vorgestellt worden.«

»Bobo, darf ich dir Miguel vorstellen«, sagte sie so locker wie möglich. »Miguel, das ist mein Freund Bobo.«

Miguel grinste den Hasen an. »Freut mich.«

April verdrehte die Augen.

Miguel streckte einen Arm aus und setzte Bobo darauf. »Dieser Bizeps ist nicht von schlechten Eltern«. Er sagte das in einer Art quietschigem Falsett, ohne dass seine Lippen sich bewegten.

»Danke, Kleiner«, antwortete er in seiner eigenen Stimme. »Essen Plüschhasen auch Möhren?«

Er ließ Bobo bis zu seiner Schulter hochhoppeln. »Nur Plüschmöhren«, piepte er.

Ein Lachen begann ganz sanft in der Mitte von Aprils Bauch und arbeitete sich bis in ihre Kehle hoch. »Bist du Bauchredner?«

»Ist ein Hobby von mir«, sagte er und ließ Bobo auf den Monitor springen. »Das mache ich manchmal auf Kindergeburtstagen. Schön, dass du wieder lachen kannst. Dieser, äh, Anfall, scheint dich ziemlich mitgenommen zu haben. Was genau -?«

Aprils Hand, mit der sie sich gerade durchs Haar fuhr, erstarrte mitten in der Bewegung. »Die Einzelheiten würde ich lieber nicht erörtern.«

»Ich frage nicht aus Neugierde, sondern weil ich wissen möchte, ob du ärztliche Hilfe brauchst, falls es noch mal passiert. Ein Vetter von mir ist Epileptiker, könnte ja etwas Ähnliches sein. Und was hast du mit ›Abschneiden‹ gemeint?«

Das konnte sie ihm nicht erzählen, oder? Er kannte Stella, vielleicht konnte er sie irgendwie überreden, sich die Haare schneiden zu lassen. Aber das bedeutete, sie musste ihn erst davon überzeugen, dass ihre Visionen echt waren, und dann musste er Stella überzeugen. Ganz abgesehen davon waren Frauen immer sehr heikel, wenn es um ihre Haare ging.

Stella kam durch die offene Tür. Als April ihren Zopf sah, wandte sie schnell den Blick ab und beschäftigte sich mit ihrem neuen Text. Stella setzte sich auf die Kante ihres Schreibtisches und zündete eine Zigarette an. Sie nahm einen langen Zug und fragte spitz: »Was sollte das Geschrei?«

April verkniff sich eine Antwort. »Würde es Ihnen etwas ausmachen, wenn ich das Fenster öffne?«

»Ich vertrage keine Zugluft.«

»Und ich vertrage keinen Rauch.«

Stella brachte ein Lächeln zustande, das mehr wie ein Zähnefletschen aussah. »Warum gehen Sie nicht einfach auf den Flur, während ich rauche?«

Miguel zog Stella ohne Kommentar die Zigarette aus dem Mundwinkel und drückte sie im Aschenbecher aus.

»Ach, so ist das also.« Stella hob eine Augenbraue. »Zwei gegen einen?«

»Sie hat dich höflich um etwas gebeten und du warst patzig«, erklärte Miguel gelassen. »Und paranoid bist du obendrein.«

April befestigte in Gedanken ein Schutzgitter vor ihrem Mauseloch, stahlverstärkt. Sie wollte nicht der Auslöser für einen Streit sein. »Ich könnte ja in ein anderes Zimmer ziehen.« Dann würde sie außerdem Miguels Grübchenlächeln entkommen.

»Ist nicht machbar«, meinte Miguel. »Du, Stella und ich sind die einzigen Übersetzer für Portugiesisch im Haus, darum stehen alle portugiesischen Fachwörterbücher hier. Es ist einfacher, wenn Stella in Zukunft auf dem Flur raucht.« Er nahm einen Stapel Papiere aus seinem Ausgangskorb und verließ den Raum.

Stella zündete eine neue Zigarette an. »Sexistisches Schwein.«

April zuckte zusammen.

»Haben Sie seine albernen Sprüche gelesen?«, fragte Stella durch Rauchschwaden hindurch.

April nickte kurz.

»Den besten haben Sie verpasst, weil ich ihn abgerissen habe. Er lautete: *Trau keiner Frau, die eine Banane in Scheiben schneidet, bevor sie sie isst.*«

Röte stieg in Aprils Wangen, als sie unwillkürlich grinste.

Stella benutzte Aprils Kaffeetasse als Aschenbecher. »Ich habe noch mehr komische Sachen auf Lager. Miguel hat's mit jeder Frau hier getrieben.« Sie machte eine bedeutungsschwere Pause. »Inklusive Mrs Guilford.«

Nähe

6/13

So einsam, so völlig isoliert vom Rest der Menschheit hatte April sich noch nie gefühlt. Auf dem Heimweg machte sie einen Umweg zum Hyde Park und suchte sich eine leere Bank. Menschen lagen in der Sonne, redeten, lachten, lasen. Wenn sie sich alle mit einem Schlag in Luft aufgelöst hätten, hätte das Aprils Einsamkeit auch nicht mehr vergrößern können. Sie war bereits am Grund angelangt, an einem Ort wo man nicht an die Welt der Lebenden glaubt.

Sie hatte den Nachmittag in einem Zustand geistiger Abwesenheit verbracht. Da sie Stella nicht von der Vision erzählen, geschweige denn mit ihrer schnoddrigen Art umgehen konnte, hatte sie sie einfach ignoriert und sich ganz auf die Arbeit konzentriert. Sie konnte sich so abschotten, dass die Welt um sie herum zu existieren aufhörte. Ihr Mauseloch wurde zu einem Schwarzen Loch.

Als jemand sich neben sie auf die Bank setzte, raffte sie sich auf und machte sich auf den Heimweg. Sie hatte gerade Marble Arch erreicht, als ihr siedend heiß einfiel, dass sie Bobo vergessen hatte. Er saß immer noch auf ihrem Schreibtisch. Sie änderte die Richtung und ging die Oxford Street entlang, zurück zu *Linguini*. Es war eigentlich albern, sich so um ein Stofftier zu sorgen. Oder brauchte sie nur einen Vorwand, um Miguel wiederzusehen, da er gesagt hatte, er würde heute etwas länger arbeiten?

Dunkelheit umfing sie, als sie die Räume des Übersetzungsbüros im ersten Stock betrat. Nur zwei Bürotüren standen offen und warfen etwas Licht auf den langen Flur. Aus dem Aufenthaltsraum hörte sie Stimmen. April zögerte. Was, wenn ihre Vision sich schon erfüllt hatte? Nein, das war unmöglich, denn das hätte sie gespürt. In einer beschützenden Geste legte April die Hand an ihre Kehle, dann erst betrat sie ihr Büro. Niemand war da, keine Spur von Bobo. April fluchte leise und durchsuchte die Schubladen aller drei Schreibtische.

»He, was tun Sie da?« Das war Stellas Stimme.

Hitze schoss April ins Gesicht. »Ich, ich habe nur, äh, nach meinem Plüschhasen gesucht. Wissen Sie vielleicht, wo er geblieben ist?«

»Vielleicht hat Miguel ihn mitgenommen. Sie müssen heute wohl ohne Ihr Hasilein ins Bett gehen.«

Zornig verließ April das Gebäude und stürmte die Straße hinunter. Irgendwie fühlte die Wut sich großartig an. Wenigstens zu diesem einen menschlichen Gefühl war sie fähig. Sie war so mit sich selbst beschäftigt, dass sie frontal in jemanden reinknallte. Es war Miguel.

»Wir haben nach dir gesucht«, sagte er und holte Bobo aus seiner Jacke. »Ich habe bei dir geklingelt, aber da war nur so ein aufgepimpter Typ, der meinte, er würde den Hasen für dich aufbewahren. Aber ich wollte ihn ihm nicht anvertrauen.«

»Danke.« April nahm Bobo von Miguels Schulter. »Das war mein Vermieter. Dem würde ich nicht mal meinen Staubsaugerbeutel überlassen.«

»Wie wär's mit einer Stärkung?« Miguel hielt eine Tragetasche hoch. »Wein, chinesisches Essen, alles was das Herz begehrt. Bobo hat mir zugeflüstert, dass du Bami Goreng magst.«

April hatte keinen Schimmer, was Bami Goreng war, aber sie nickte aus lauter Verwirrung.

»Prima. Hier geht's lang. Ich wohne in der Blandford Street.«

Einem geborenen Londoner hätte das wahrscheinlich etwas gesagt. Sie folgte ihm zögernd, schließlich ging es in seine Wohnung, in der er es angeblich schon mit allen möglichen Frauen getrieben hatte. Die Wohnung lag im Erdgeschoss und als Miguel die Tür aufschloss, fand sich April in einer Art Dschungel wieder. Das Wohnzimmer, mit Rattanmöbeln eingerichtet, war vollgestellt mit Yuccapalmen und anderem Grünzeug und mit Zedernöl beduftet.

Miguel stellte die Tüte auf einen kleinen runden Tisch, rückte einen Stuhl für April zurecht, wartete, bis April es sich mit Bobo auf dem Schoß bequem gemacht hatte, und setzte sich ihr gegenüber. »Es stört dich hoffentlich nicht, wenn wir direkt aus den Schachteln essen.« Er sah sie wieder auf diese verstörend durchdringende Art an, als wolle er ihre Gedanken aufsaugen.

Sie klappte die Schachtel auf, die er ihr zuschob. Würziger Dampf kitzelte ihre Nase. Sie zog ihre Jacke aus, legte sie über die Stuhllehne, und piekte mit der Plastikgabel in die Nudeln.

Plötzlich machte etwas eine perfekte Vierpunktlandung auf dem Tisch, lautlos wie ein Tiger aus dem Unterholz: Eine Katze, orchideenblütenweiß, schlank und sehnig, mit langen, grazilen Beinen, einem schier endlosen Schwanz und blassblauen Augen.

»April, darf ich dir meinen Kumpel Blue vorstellen«, sagte Miguel.

»Hallo, Blue.« April hielt dem Kater die Finger vor die Nase, damit er ihren Geruch prüfen konnte. Als er zufrieden schnurrte, streichelte sie ihm den muskulösen Rücken. Bobo fiel ihr vom Schoß, als Blue sich darauf niederließ. Sie lachte. »Nicht gerade ein Rührmichnichtan.«

»Du kannst dich geehrt fühlen. Ich wollte dich schon warnen, dass er genau weiß, was man mit achtzehn Krallen alles anstellen kann. Er kann Türen öffnen, Schubladen aufziehen, Klopapier abrollen, Kleenex aus der Schachtel ziehen und Menschen dekorative Streifenmuster verpassen.« Miguel fischte ein Stück Huhn aus seiner Schachtel und hielt es Blue vors Maul. Der Kater leckte es von seinen Fingerspitzen.

Es war etwas ungemein Beruhigendes an diesem einfachen Mahl aus weißen Pappschachteln, das sie zusammen mit Blue einnahmen, der ausgezeichnete Tischmanieren hatte. April, die sich sonst immer vorkam, als schwebe sie allein in einem Vakuum, fühlte sich ausnahmsweise sicher im Hier und Jetzt verankert. Das machte sie leichtsinnig. »Stimmt es, dass du es schon mit allen, ähm, getrieben hast?«

»Mit wem?«

»Na, den Mädels bei *Linguini*.«

Miguel lachte. »Ich wette, das Gerücht hat Stella in die Welt gesetzt. Man darf ihr kein Wort glauben. Sie ist eine notorische Lügnerin. Und sie denkt, sie hätte mit mir ein Hühnchen zu rupfen.«

»Wieso?«

»Weil meine Manneskraft bei ihr versagt hat. Ich hätte daraufhin etwas sagen sollen wie: ›Oh, nein, dieser unzuverlässige kleine Kerl‹. Aber ich habe ganz ehrlich gesagt, dass mir das noch nie passiert ist, und das hat sie als Beleidigung aufgefasst.«

»Warum sollte sie deswegen beleidigt sein?«

Miguel schloss seine leergefutterte Pappschachtel und legte die Plastikgabel obendrauf. »Sehr erfahren scheinst du nicht zu sein. Ich hätte Stella genauso gut sagen können, dass ich sie fett und hässlich finde. Was sie nicht ist, aber darum geht es nicht. Ich habe ihr das Gefühl gegeben, unattraktiv zu sein, und damit kann man jede Frau beleidigen.«

»Seltsam.«

Miguel zog die Augenbrauen hoch und stellte erstaunt fest: »Eitelkeit ist dir offenbar fremd.«

April wusste nicht, woran es lag, aber mit einem Mal hatte sie das Bedürfnis, in den Arm genommen zu werden. Ein völlig neues Gefühl. Berührungen hatten sie bisher immer kalt gelassen, weil ihnen keine Begierde vorausging. Ihre Affäre mit Russell war nur deswegen zustande gekommen, weil sie gedacht hatte, irgendwann müsse es ja passieren.

Jetzt war die Sehnsucht nach Nähe in ihr erwacht, streckte sich in ihrem Körper, kitzelte ihre Wirbelsäule und nahm ihr fast den Atem. Sie wollte Miguels Hände überall spüren.

Hastig nahm sie Blue von ihrem Schoß und stand auf. »Ich gehe jetzt.«

»Schon?«

»Ich … ich habe Angst.«

Er erhob sich ebenfalls. »Angst wovor?«

»Nähe.«

Er legte seine Hände, die genau so warm und sanft waren, wie sie erwartet hatte, auf ihre Oberarme, und umfing sie mit seiner Zärtlichkeit. »Wieso?«

»Weil ich ein Einzelgänger bin.«

»Das ist die Folge, wenn man Angst vor Nähe hat, nicht die Ursache.« Er senkte den Kopf und küsste sie. Seine weichen, geschwungenen Lippen umschlossen ihre. Sie hatte weder die Kraft, ihn wegzustoßen, noch ihn näher heranzuziehen.

»Ich meine das nicht so, wie du denkst«, sagte er besänftigend, als er sich von ihr löste. »Es war einfach nur ein Kuss.«

Ein Brett über einem tiefen Abgrund. Sie konnte jeden Moment abstürzen. Ohne noch einen weiteren Gedanken zuzulassen, schlang sie ihre Arme um seinen Oberkörper und hielt sich fast panisch an ihm fest. Dann, genauso ruckhaft, wich sie zurück. »Danke fürs Essen, die Katze, einfach alles.«

Sie hob Bobo vom Boden auf, warf ihre Jacke über und floh aus Miguels Wohnung. Erst daheim würde sie sich wieder sicher fühlen. Allein in ihrem engen, dunklen Mauseloch.

Stella Campion schaltete ihren PC ab, zündete eine Zigarette an und folgte mit dem Blick dem aufsteigenden Rauch, bis er sich als feiner Nebel unter die dunkle, holzgetäfelte Decke legte. Das Gebäude war leer und still, nur von draußen drangen Geräusche herein. Autos, Stimmen, eine Hupe, Musikfetzen aus offenen Autofenstern.

Sie war nicht erpicht darauf heimzugehen. Das war sie nie. Manchmal verbrachte sie die Nacht im Büro, Stunden schlafloser Einsamkeit. Aber daheim erwartete sie auch nichts Anderes, und hier musste sie wenigstens nicht allein in einem unbequemen Bett liegen. Es gab nur ein Bett auf der Welt, in dem sie gern die Nacht - jede Nacht - verbracht hätte, und das war Miguels Bett, aber so wie die Aktien standen, hatte sie wenig Aussichten, noch einmal in die Nähe seines Schlafzimmers zu kommen. Nach der misslungenen Nacht mit ihr hatte er eine Affäre mit Mrs Guilford gehabt, dieser alten Kuh. Und zuletzt ein Techtelmechtel mit der Brillenschlange aus Deutschland, die glaubte, Portugiesisch zu können. Es war Stella schleierhaft, was er in den beiden gesehen hatte. Immerhin hatte Stella reichlich Spaß daran gehabt, in die Übersetzungsdateien der Brillenschlange nachts ein paar saftige Fehler einzubauen, bis Nicholson sie gefeuert hatte.

Nur hatte es sie Miguel kein Stück näher gebracht. Nie war sie ihm so nahe gewesen wie in dieser katastrophalen Nacht, die verheißungsvoll begann, aber ein jähes Ende nahm, als sein blödes Katzenvieh in der Küche herumgejammert hatte und er aufgestanden war, um es zu füttern. Vielleicht hätte sie ihm, als er zurückkam, nicht sagen sollen, dass sie Katzen widerlich fand. Sie konnte ja nicht ahnen, wie sich das auf seine Manneskraft auswirken würde. Aber trotz des Fiaskos hatte sie nicht aufgegeben, um ihn zu kämpfen, denn das wäre gleichbedeutend damit, ihre einzige Hoffnung loszulassen, jemals ein normales, alptraumfreies Sexualleben zu führen.

Es waren die Alpträume, die daran Schuld hatten, dass sie nicht nach Hause gehen wollte, egal wie erschöpft sie war. Die Erinnerungen, die hinter ihren Augenlidern darauf warteten, dass sie sich der Müdigkeit hingab und ihrem Unterbewusstsein, gebrandmarkt mit Gewalt, die Kontrolle überließ.

Sie konnte es jetzt deutlich sehen. Ein schwarz maskierter Mann beugte sich über sie. Der Matsch, in dem sie lag, verschluckte sie mit jedem seiner Stöße ein Stück mehr. Und dann war da etwas Schlimmeres als Matsch, eine milchige Substanz, glibberig, schleimig, klebrig. Sie umhüllte die blonden Strähnen, die schützend über ihren nackten Brüsten lagen. Ein Sonnenstrahl, reflektiert auf einer Messerklinge, blendete sie. »So kann ich dich nicht zurücklassen. Ich muss sie abschneiden.« Ein Echo hallte durch ihren Kopf. *Abschneiden.* Und die Schärfe der Klinge durchtrennte ihre Haare ganz nah an ihrem Nacken. Mit einem schnellen, erbarmungslosen Schnitt hatte das Messer ihr den Stolz genommen, die Unschuld, den Glauben an Zärtlichkeit. Er hatte seine Hose hochgezogen und war davongerannt, mit ihren blonden, von Dreck und Sperma verklebten Locken in seiner Faust.

Ihr Haar war nachgewachsen, ein dicker, fester Zopf, der Stärke verkörperte. Sie hatte ihn nur einmal für einen Mann gelöst, für Miguel, und er hatte nicht einmal verstanden, was für ein Opfer sie für ihn brachte. Gott, wie sie ihn hasste. Wie sie ihn begehrte.

Und wieder fühlte er sich zu einer anderen Frau hingezogen, dieser Neuen, die sich ihm schon beim Mittagessen an den Hals geworfen hatte. Eifersucht klaffte wie eine tiefe Wunde in ihrer Seele. Warum konnten sie ihn nicht in Ruhe lassen, all diese gesunden Frauen, die sich jeden beliebigen Mann nehmen konnten? Warum mussten sie alle ihn wollen, den einzigen, der für Stella in Frage kam?

Natürlich verstand Stella, dass April von Miguel hingerissen war, aber was fand Miguel an dieser unscheinbaren, völlig faden, sexlosen Frau?

Und dann hatte dieses schreckliche Geschöpf einfach so, ohne Vorwarnung, die Worte des Vergewaltigers wiederholt. »Abschneiden.« Woher wusste sie es? Wie war das möglich? War sie Zeugin gewesen? Seine Komplizin? Da war etwas nicht in Ordnung. Stella konnte das nicht durchgehen lassen. April, Nancy, die Brillenschlange - alle lebten sie so beschützt, behütet. Alle verdienten sie harte Strafen für ihre Selbstsüchtigkeit.

Mit April würde sie leichtes Spiel haben. Wenn sie diesen lächerlichen Stoffhasen in die Hände bekam, würde sie ihn kräftig durch die Mangel drehen. Rauchringe in die Luft blasend, stellte sie sich vor, wie sie dem Viech die Ohren abschnitt, die Knopfaugen rausriss und das Fell versengte. Aber was dann? Was musste sie tun, damit Miguel endlich wieder Interesse an ihr bekam? Vielleicht sollte sie es mal ganz anders versuchen, mit Zärtlichkeit anstelle von Wut.

Auf der Damentoilette übte sie vor dem Spiel ein liebliches Lächeln, unterwürfig, hingebungsvoll. Sie würde einfach April nachahmen. Lerne von deinen Feinden. Schlage sie mit ihren eigenen Waffen. Stella wusch sich die Hände, flocht ihren Zopf neu, legte helleren Lippenstift auf und verließt *Linguini* in einer Stimmung, die fast schon an Zuversicht grenzte. Sie bog gerade in die Blandford Street, als jemand einfach in sie hineinrannte. Der Zusammenprall wurde durch etwas Weiches abgemildert, das sich bei näherer Betrachtung als Aprils Plüschhase herausstellte.

»Oh, tut mir Leid«, rief April.

War sie bei Miguel gewesen? Hatte Blue oder Green oder wie auch immer Miguels Monster hieß, seine Krallen an ihr geschärft? Das hoffte Stella inständig. »Hat er Ihnen wehgetan?«

April machte ein verdutztes Gesicht. »Warum sollte Miguel mir wehtun?«

»Nicht Miguel. Seine Raubkatze.« Stella zündete eine Zigarette an und blies April den Rauch in die Augen. »Sie schulden mir eine Erklärung.«

April hielt sich den albernen Hasen vors Gesicht und hustete demonstrativ. »Ich weiß. Können wir irgendwo in Ruhe reden?«

»Nur zu.«

»Nicht hier.«

»Mir ist es hier ruhig genug.«

»Also.« April sah die Straße rauf und runter. »Es hat mit Ihren Haaren zu tun. Ich hatte eine Vision. Sie sind in Gefahr.« April schüttelte sich, als hätte sie eine Gänsehaut. »Ich wollte Sie einfach nur bitten, dass Sie sich die Haare schneiden lassen. So kurz, dass Ihr Zopf nicht mehr um Ihren Hals herum reicht.«

Stella ließ die Zigarette fallen und zerquetschte sie mit der Spitze ihres Pumps. »Niemals.«

»Es ist lebenswichtig.«

»Jetzt reicht es. Lassen Sie mich in Frieden. Und nehmen Sie Ihre Finger von Miguel. Er gehört mir«, schnaubte Stella, straffte die Schultern und ließ April stehen. Energisch stapfte sie die Straße hinunter. Ihr Plan, Miguel mit Liebenswürdigkeit und Sanftmut zu beeindrucken, war vergessen. Sie ließ den Zeigefinger auf seinem Klingelknopf, bis er öffnete. Er sah erhitzt aus, als hätte er eben ... Nein! Ohne Vorwarnung schlug sie ihn mit aller Kraft ins Gesicht.

Miguel zuckte nicht einmal, sondern hob nur eine Augenbraue. »Ich habe dich immer für unausgeglichen gehalten. Ich habe mich geirrt. Du bist nicht zurechnungsfähig.«

Sie holte erneut aus, aber er fing ihren Arm mit festem Griff ab. Sie bekam fast einen Orgasmus, als seine Finger sich um ihr Handgelenk schlossen. »Ich bereue, dass ich dich jemals geliebt habe, du Mistkerl.«

Er ließ sie los. »Sei nicht so theatralisch. Wir müssen uns endlich mal richtig aussprechen.«

Sie huschte an ihm vorbei in die Wohnung. »Wo ist Yellow?«

»*Blue* schläft auf dem Sofa. Kein Grund zur Panik.« Er folgte ihr ins Wohnzimmer.

Wenn seine Gletscheraugen geschlossen und seine Rasiermesserkrallen sicher unter dem Bauch verstaut waren, sah Blue fast harmlos aus. Stella wartete, bis Miguel sich neben der schlafenden Katze niedergelassen hatte, dann setzte sie sich in sicherem Abstand auf einen Stuhl. »Ich bin mit April zusammengestoßen, oder vielmehr sie mit mir. Was hast du mit ihr gemacht?«

Im Grunde interessierte seine Antwort sie gar nicht. Sie ließ seine Stimme an sich vorbeirauschen, während sie den Anblick seiner klaren Züge und seiner unwiderstehlichen Grübchen in sich aufsog. »Du siehst verboten gut aus.«

»Du hast mir nicht zugehört. Schau, Stella, du musst dich der Tatsache stellen, dass du mich nicht dazu zwingen kannst, deine Gefühle zu erwidern.«

»Also, damals ... da musste ich dich nicht gerade zwingen, mit mir ins Bett zu gehen. Warum konntest du nicht mit mir schlafen?«

»Die Chemie zwischen uns stimmte einfach nicht.«

»Die Chemie? Was für eine erbärmliche Ausrede.« Ihre Stimme hatte wohl zu schrill geklungen, denn die Katze wachte auf und warf ihr einen warnenden Blick zu.

»Wenn ich dir erzählen würde, was mir passiert ist ...«

Miguel streichelte seinem Monster beruhigend den Rücken. »Ach, bitte, lass das doch. Ich kenne schon vier verschiedene Versionen deiner angeblichen Vergewaltigung. Mal ist es an einem Sandstrand passiert, dann mitten im Wald, in deinem eigenen Bett, und schließlich im Auto des Täters.«

»Ich meine, was wirklich passiert ist. Ich hatte die Erinnerung an die Einzelheiten unterdrückt, aber heute ist mir alles wieder eingefallen.«

»Dann erzähl diese Einzelheiten einem Therapeuten.«

»Liebe ist die einzige Therapie.« Sie fasste sich in den Nacken und holte ihren Zopf nach vorne, öffnete die Spange und kämmte das Haar mit den Fingern aus. Sie fühlte sich mit einem Mal unglaublich verwundbar. Herrlich verwundbar. »Bitte tu mir nicht weh.«

Miguel stand auf. Er schien wütend zu sein, und das machte ihn noch attraktiver.

Attacke

7/13

Wenn April ihre Gefühle nicht auf die Reihe bekam, hörte sie einfach auf zu denken. Freitagmorgen nach dem Aufstehen spulte sie roboterhaft ihre Routine ab. Ihr Geist war eine dunkle Kinoleinwand. Stille ringsum. Leere Stuhlreihen. Nicht einmal der Geruch von Popcorn lag in der Luft. Vielleicht ein Hauch von Bami Goreng. Als sie gerade das Frühstücksgeschirr in die Küche räumte, glaubte sie etwas zu hören. Kein Geräusch, eher ein Gedanke oder ein Gefühl. Als ob jemand wartete und dabei den Atem anhielt. April hatte ihre außersinnlichen Wahrnehmungen so lange unterdrückt, dass sie sich auch diesmal reflexartig abschirmte. »Unsinn«, sagte sie in die Stille, als es zwischen ihren Schulterblättern zu kribbeln anfing.

Kaum war das Wort ausgesprochen, überschlugen sich ihre Gedanken. Sie rannte ins Schlafzimmer und drückte Bobo an die Brust. Heute war erst ihr zweiter Arbeitstag und schon wurde sie in einem Tornado der Gefühle herumgewirbelt. Alle Probleme, denen sie davongerannt war, holten sie ein, jedes einzelne. Als Tochter war sie eine Niete. Als weibliches Wesen war sie ein Totalausfall. Und als Hellseherin war sie eine erbärmliche Versagerin. Ihr lag nichts an Stella. Es war anders gewesen, als die Opfer Verwandte und Freunde waren. Bruder, Vater, Liebhaber. Aber wer war schon Stella? Nur eine unverschämte Kollegin. Gerade das machte das Wissen um ihren nahenden Tod so unerträglich, denn sie hatte nicht einmal ernsthaft versucht, Stella zu warnen.

»Ich gehe heute nicht zur Arbeit. Ausgeschlossen. Und weißt du was, Bobo? Ich habe sogar den Pincode für das elektronische Schloss vergessen.« Sie befingerte Bobos Ohren. »Doch, jetzt fällt er mir wieder ein. 970546.«

Sie setzte den Hasen auf ihre Knie. »Das Problem ist, dass ich nicht hingehen kann, weil ich Stella nicht noch mal begegnen will. Immer wieder werde ich mich an die Vision erinnern, wie ihr Zopf sich hebt, sich wie eine Schlange um ihren Hals legt und zuzieht. Und nach dem Zusammenstoß gestern wird sie sich von mir bestimmt keine Warnungen mehr anhören. Also kann ich nichts tun, außer ich schnappe mir eine Schere und schneide ihr höchstpersönlich den Zopf ab. Vielleicht sollte ich zur Polizei gehen. Denn dieser Zopf ... ich meine, der bringt sie ja nicht einfach so um. Irgendjemand zieht daran, würgt sie damit. Das bedeutet, dass es ... dass es Mord ist, und wo ein Mord ist, ist auch ein Mörder.« April keuchte. »Ein Mörder! Ich muss zur Polizei. Nein, die werden mich nicht ernst nehmen. Andererseits kann es mir egal sein, was andere über mich denken, entscheidend ist, was ich denke. Ein Mord wird passieren und ich kann ihn vielleicht verhindern. Ich könnte auf dem Weg zu *Linguini* in der Polizeiwache vorbeischauen.«

Damit hatte sie sich genug Mut zugeredet. Sie küsste Bobo aufs Schnäuzchen, setzte ihn aufs Kopfkissen, schulterte die Handtasche und ging in Gedanken versunken die Treppe hinunter. Prompt lief ihr Charles über den Weg. Mit verschränkten Armen sah er sie von oben bis unten abschätzig an. Wieder war da dieser Eindruck, als ob jemand warten würde, lauern. War er es? Und wenn ja, worauf wartete er? Bestimmt nicht auf die Miete, die hatte sie für drei Monate im Voraus bezahlt.

»Du bist gestern Abend ganz schön spät heimgekommen, April-Maus.«

Das kam davon, dass ihre Mutter ihm ihre Lebensgeschichte erzählt hatte. Jetzt nannte er sie schon bei ihrem Kosenamen. »Na und?«

»Weißt du nicht, wie gefährlich es für eine junge Lady ist, nachts alleine unterwegs zu -«

»Ich werde mir einen Bodyguard zulegen«, fiel sie ihm ins Wort und knallte die Haustür so fest hinter sich zu, dass sie wegen des defekten Schnappschlosses gleich wieder aufsprang.

Bevor Miguel Santos ihr Leben auf den Kopf gestellt hatte, hatte Nancy Guilford mit Harold, ihrem miesepetrigen aber zuverlässigen Mann in einem wunderschönen Haus in Richmond gewohnt. James und Andrew, ihre erwachsenen Söhne, waren verheiratet und das erste Enkelkind war auch schon unterwegs. Trotzdem hatte sich Nancy unausgefüllt gefühlt, immer weniger bereit, Harolds mürrische Art zu ertragen. Vielleicht hing die sinkende Toleranz für sein ewiges Genörgel damit zusammen, dass sie in den Wechseljahren war.

All das hatte sich geändert, als Miguel vor zwei Jahren in ihr Leben trat. Es passierte einfach. Sie verliebte sich so sachte wie eine Feder zu Boden schwebt. Bedürfnisse, derer sie sich nie bewusst gewesen war, fanden in seinen Armen Erfüllung. Die bröckelige Fassade ihres Ehelebens platzte auf.

Aber dann hatte die Realität sie eingeholt. Irgendwie hatte Harold von ihrer Affäre erfahren und gedroht, sie vor James und Andrew in den Dreck zu ziehen. Sie gab nach und beendete ihr Verhältnis mit Miguel, doch es war das Opfer nicht wert gewesen. Harold beschuldigte sie in einem fort, sich heimlich mit Miguel zu treffen. Er vertraute ihr nicht mehr und behauptete sogar, Beweise zu haben, dass sie ihn nach wie vor betrog. Vor drei Monaten hatte sie Harold schließlich verlassen, kurz nachdem er in Rente gegangen war.

Damit verlor sie ihr Zuhause, ihre finanzielle Sicherheit, und auch James und Andrew, die den Hang zum Übermoralisieren von ihrem Vater geerbt hatten. Und sie hatte auch Miguel verloren, mit dem sie einfach nicht mehr da anknüpfen konnte, wo sie aufgehört hatten. Plötzlich war ihr der Altersunterschied schmerzlich bewusst geworden.

An diesem Freitagmorgen erwachte Nancy in ihrem ordentlichen, überschaubaren Apartment in Islington und fand sich, wie so oft, eingesponnen in ein Netz verzweifelter Sehnsucht nach ihren Söhnen und ihrem Ex-Liebhaber. Als sie eine Stunde später bei *Linguini* ankam, war sie wieder so kühl und selbstbeherrscht wie immer und erwartete, wie üblich die erste zu sein. Aber heute war ihr jemand zuvorgekommen. Stella Campion schlief an ihrem Schreibtisch, den Kopf auf die ausgestreckten Arme gelegt. Nancy überlegte, ob sie sie wecken sollte. Sie mochte Stella nicht, fühlte sich durch sie verunsichert. Das passte so gar nicht in ihr Selbstbild von Ruhe und natürlicher Autorität. Etwas an Stellas Haltung kam ihr unnatürlich vor. Nancy berührte Stellas schlaffe Hand.

Mit einem Ruck hob Stella den Kopf. »Scheiße«, sagte sie.

Nancy unterdrückte eine tadelnde Bemerkung. »Guten Morgen.« Ihr fiel auf, dass Stellas Gesicht fleckig und geschwollen war. »Haben Sie getrunken?«

Stella richtete sich langsam auf. Ihre Bluse war zerrissen. Sie zog den Stoff auseinander und entblößte ihre Brüste, in die ein bizarres Muster eingeritzt war.

»Was ist passiert?«

»Er hat versucht, mich zu vergewaltigen. Ich möchte, dass der Mistkerl gefeuert wird, auf der Stelle.«

Nancy schwante nichts Gutes. »Welcher Mistkerl?«

»Miguel.«

»Nein!«

»Oh ja.«

»Aber er ist der liebenswerteste, sanfteste –« Nancy hielt inne. »Bedecken Sie sich, Mrs Campion. Wo und wann hat diese angebliche Tat stattgefunden?«

»Letzte Nacht in Miguels Wohnung.«

»Also sind Sie zu ihm gegangen.« Nancy glättete unnötigerweise ihr Haar. »Wenn Sie behaupten, dass Miguel Sie angegriffen hat, dann empfehle ich, dass Sie es der Polizei melden.« Nancy hoffte, Stella würde davor zurückschrecken, denn es war offensichtlich eine falsche Anschuldigung. Damit kam sie niemals durch.

Stella lehnte sich zurück. »Bringen Sie mir eine Tasse Kaffee, schwarz, ohne Zucker. Und lassen Sie mich wissen, wann der Boss da ist.«

Nancy wollte Stella gerade sagen, dass sie sich ihren Kaffee gefälligst selbst holen sollte, als sie Schritte im Flur hörte. Es war sicher besser, wenn keiner Stella in ihrem jetzigen Zustand sah. Außerdem hatte Nancy jetzt andere Sorgen, als die Hackordnung zu wahren. Sie musste Miguel anrufen und fragen, was wirklich passiert war. Sie hastete in den Aufenthaltsraum, fand noch etwas Kaffee vom Vorabend in der Kaffeemaschine, machte ihn direkt in der Tasse in der Mikrowelle heiß, lief zurück, knallte ihn Stella auf den Schreibtisch und sah zu, dass sie in ihr Büro kam.

Sie hatte gerade das Telefon in der Hand, als Mr Nicholson auftauchte. »Guten Morgen, Sir«, sagte sie etwas außer Atem. »Kann ich kurz mit Ihnen sprechen? Wir haben ein ernstes Problem.«

Nicholsons buschige Augenbrauen verengten sich. »Intern oder extern?«

»Intern.«

»Dann halten Sie es mir vom Hals.« Er öffnete die Tür zum Chefzimmer. »Wie immer.«

Nancy folgte ihm. »Sir, diesmal ist es anders. Die Polizei muss hinzugezogen werden.« Sie setzte sich in den Besucherstuhl, fest entschlossen, Stella die Show zu ruinieren. »Wir hatten reichlich Beschwerden wegen Mobbing. Es ist Stella Campion. Sie ist eine intrigante Lügnerin, die jedem das Leben schwer macht und das Betriebsklima verdirbt.«

Nicholson drapierte seinen Mantel ordentlich auf einen Kleiderbügel. »Ich dachte, Sie geben nichts auf Gerüchte und Klatsch, meine liebe Mrs Guilford.«

»Diesmal ist Stella zu weit gegangen. Sie unterstellt Mr Santos allen Ernstes, sie sexuell belästigt zu haben.« Präziser wollte sie lieber nicht werden.

Er wuchtete sich in seinen breiten Drehstuhl und öffnete die Aktentasche. »Dann werde ich ein ernstes Wort mit ihm reden.«

»Sir, wenn hier irgendjemand belästigt wurde, dann ist es Mr Santos.«

»Bis jetzt haben Sie mir nur Gerüchte aufgetischt. Ich sehe nicht, was daran so dramatisch sein soll. Einer von beiden zieht eben in eine anderes Zimmer um.«

»Aber sie besteht darauf, dass Sie Mr Santos rausschmeißen.«

»Nun, meine Personalentscheidungen treffe ich immer noch selbst.«

Nancy nickte, vielleicht ein wenig zu beflissen. »Ich sage ja, sie ist respektlos bis zum Gehtnichtmehr.«

Es klopfte an der Tür. Ohne auf ein »Herein« zu warten, humpelte Stella in den Raum. Sie brachte es fertig, noch erbärmlicher auszusehen als vorher.

Nicholson erhob sich sofort und rollte Stella seinen Stuhl hin. »Um Gottes Willen, Sie brauchen einen Arzt. Mrs Guilford, wie konnten Sie sie warten lassen? Und was soll dieser Unsinn, Stella hätte jemanden belästigt?«

»Ich brauche keinen Arzt, mir geht es gut.« Stella stöhnte theatralisch. »Es geht mir nur darum, dass ich Mr Santos nie mehr wiedersehen muss. Er ... er hat mich angegriffen. Er hat versucht, mich zu vergewaltigen.«.

Nicholson legte ihr väterlich eine Hand auf die Schulter. »Ich versichere Ihnen, dass ich ihm fristlos kündigen werde. Aber zuerst fahre ich sie in die Notaufnahme. Außerdem bestehe ich darauf, dass Sie Anzeige erstatten.«

»Ich bin nicht rachsüchtig. Und vielleicht war es ja meine Schuld. Ich wusste, wie besessen er von mir ist. Ich hätte nicht zu ihm gehen sollen. Ich schäme mich so.«

Nancy konnte es nicht mehr mit anhören. Brüsk stand sie auf, verließ den Raum, griff wieder nach dem Telefonhörer und wählte

Miguels Nummer. Es wäre besser, wenn er sich heute nicht blicken ließ. Nachdem es zehnmal geklingelt hatte, legte sie auf. Mit angehaltenem Atem sah sie durch die offene Tür den langen Flur hinunter, ohne wirklich etwas zu sehen.

April fragte sich, warum sie nicht längst aufgegeben hatte. Sie war auf drei Polizeiwachen gewesen und hatte jedes Mal Variationen desselben Themas gehört: »Solange kein Verbrechen geschehen ist, können wir nichts unternehmen.«

Jetzt stand sie vor der Polizeiwache Albany Street und blickte nachdenklich auf die Stufen, die zur Eingangstür führten. Sollte sie sich ein viertes Mal lächerlich machen? Sie erklomm die erste Stufe, zögerte.

»Kann ich Ihnen behilflich sein?«, fragte jemand mit warmer Stimme.

Als sie sich umdrehte, sah sie einen liebenswürdig lächelnden Mann in einem marineblauen Anzug.

»Danke, Sir, ich komme schon zurecht.«

Er ging an ihr vorbei und hielt die Tür für sie auf. Weggehen konnte sie jetzt nicht mehr. Sie betrat die Wache und begab sich zum Schalter. Der Mann folgte ihr und sagte zur diensthabenden Polizistin: »Guten Morgen, Kathryn. Sie haben nicht zufälligerweise einen Hund?«

»Nein, Sir, nur einen Hamster.«

»Zu klein. Ich brauche ein großes, furchterregendes Tier, sonst werde ich Tante Ellie nie los.«

Die Polizistin lachte. »Ja, von Ihrem Problem habe ich schon gehört.«

»Ich kann fragen, wen ich will, keiner ist bereit, mir seinen Hund zu überlassen. Was ist nur aus den Prinzipien ›Liebe deinen Nächsten‹ und ›Ehre deinen Vorgesetzten‹ geworden?«

Das Telefon klingelte. Die Polizistin hob grinsend ab.

Der Mann wandte sich April zu. »Was kann ich nun für Sie tun?«

Nun, wenn er eine führende Position innehatte, überlegt sie sich, dann konnte er vielleicht wirklich etwas für sie tun. Andererseits hatte er wohl kaum Zeit für ihr merkwürdiges Problem. »Es geht um einen Mord, der geschehen wird, aber vielleicht noch verhindert werden kann.«

Er nickte langsam, schien sie dabei genau unter die Lupe zu nehmen. »Erhalten Sie Drohbriefe?«

»Es geht nicht um mich, sondern eine Kollegin. Könnten Sie mir fünf Minuten widmen, damit ich Ihnen die Sache genau erklären kann?«

Die Polizistin hatte ihr Telefonat beendet. »Ich kümmere mich um die junge Dame, Sir.«

April verließ der Mut.

»Nein, das geht schon in Ordnung«, sagte er. »Sie kann mich in mein Büro begleiten. Detective Inspector London«, stellte er sich vor und führte sie die Treppe hoch, dann einen engen Korridor hinunter in ein unordentliches Büro. Er hob einen schiefen Aktenstapel vom Besucherstuhl, damit sie sich setzen konnte, nahm hinter seinem Schreibtisch Platz und schenkte ihr noch einmal sein aufmunterndes Lächeln.

Dank ihrer vorangegangenen Fehlversuche hatte sie inzwischen eine knappe, präzise Zusammenfassung ihres Problems parat. London hörte aufmerksam zu, während sie ihm von ihren Visionen im Allgemeinen und Stellas bevorstehendem Tod im Besonderen erzählte.

Als sie fertig war, schwieg er lange. Schließlich legte er die Fingerspitzen aneinander und stellte eine Frage, die sie verblüffte.

»Sie ahnen den Tod also nicht nur voraus, sondern erleben ihn auch mit. Wie beängstigend. Was empfinden Menschen, wenn sie sterben? Ich habe mich oft gefragt, ob es ein Gefühl gibt, das jeder Mensch erlebt in dieser letzten Sekunde, bevor sein Geist erlischt.«

»Ich habe nie Vergleiche angestellt. Es war schlimm genug, den Tod eines anderen Menschen zu spüren. Aber jetzt, wo Sie es erwähnen ... da ist etwas, ein Schatten von starker, fast unerträglicher Fassungslosigkeit. Und Scham. Als wäre das Sterben ein endgültiges Versagen.«

»Hm, fatal. Obwohl wir wissen, dass wir sterblich sind, machen wir uns nie bewusst, dass alles, mit dem wir unser Leben erfüllen, letztendlich zunichte gemacht wird.«

April nickte ernst. So hatte noch nie jemand mit ihr über die Themen gesprochen, die sie so sehr beschäftigten.

»Nun, was Ihre Visionen anbetrifft«, sagte er, »denke ich, dass Sie aufhören können, sich Vorwürfe zu machen. Natürlich ist es schmerzlich für Sie, weil Sie nicht verhindern können, dass Ihre Schreckensvisionen sich bewahrheiten. Nur Schuldgefühle brauchen Sie deswegen nicht zu haben.«

An ihm war ein Psychologe verloren gegangen. »Aber ich fühle mich verantwortlich.«

»Wofür? Dafür, dass die Zeit ihren Lauf nimmt? Haben Sie das bis zur letzten Konsequenz durchdacht? Wäre es nicht schrecklich, wenn Sie dank Ihrer Visionen die Unglücke verhindern könnten? Würden Sie sich nicht tausendmal schuldiger fühlen wegen all der grauenvollen Dinge, die tagtäglich passieren und die Sie nicht verhindern konnten, weil Sie sie nicht vorhergesehen haben?«

Dieser Gedankengang war so neu für sie, so aufrüttelnd und wunderbar, dass sie fast zu weinen anfing. »Oh Gott.«

»Tut mir Leid, wenn ich Sie aufgeregt habe.«

»Nein, im Gegenteil, ich fühle mich tausendmal besser. Es wird noch eine Weile dauern, bis ich es ganz erfasst habe. Danke, nicht nur für diese Erkenntnis, sondern auch dafür, dass Sie mir glauben. Aber was wird jetzt aus Stella Campion?«

Inspector London zog mit dem Zeigefinger einen perfekten Kreis in den Staub neben seinem Telefon. »Wir können sie nicht beschützen. Selbst Menschen, die direkte Drohungen erhalten, bekommen keinen Polizeischutz, weil uns einfach das Personal dafür fehlt. Alles was ich tun kann, ist ein paar Erkundigungen einziehen. Vielleicht finden wir heraus, wer als Stellas zukünftiger Mörder in Frage käme.«

»Vielen Dank, Sir. Sie haben mir mehr geholfen, als Sie sich vorstellen können.«

»Ich tue nur meinen Job. Ach, noch etwas, Mrs Stevenson. Sie haben nicht zufälligerweise einen Hund?«

Erfüllt von dem Wunsch, Miguel wiederzusehen und ihm zu erklären, warum sie gestern so plötzlich abgehauen war, sprintete April die Great Portland Street entlang. Sie tippte den Pincode ein, nahm zwei Stufen auf einmal die Treppe hoch, betrat ohne Zögern den dunklen Korridor von *Linguini*, schob energisch die Tür zu ihrem Büro auf - und blieb wie angewurzelt stehen, weil niemand da war. Die wohlformulierte Begrüßung erstarb auf ihren Lippen.

Sie ging zu Mrs Guilfords Büro, dessen Tür offen stand. Mrs Guilford saß an ihrem Schreibtisch, hatte den Kopf in die Hände gestützt und zitterte sichtlich. April machte eilig kehrt und beschloss, lieber erst im Aufenthaltsraum nach Miguel zu suchen, aber da rief Mrs Guilford sie schon zurück.

»Mrs Stevenson? Kommen Sie ruhig rein. Dieser Morgen war die reinste Hölle.«

Zögernd folgte April der Aufforderung. Sie vermied es, Mrs Guilford in die Augen zu sehen. »Mr Santos ist nicht in unserem Büro und ich weiß nicht, was ich heute übersetzen soll.«

Mrs Guilford fischte auf ihrem Schreibtisch herum, bis sie etwas gefunden hatte. Sie hielt April den dünnen Blätterstapel hin. »Der Dateiname steht auf dem obersten Blatt. Überschreiben Sie den Originaltext direkt mit der Übersetzung.«

Aprils Unbehagen wuchs. »Kommt Mr Santos denn nicht?«

Mrs Guilford massierte sich die Schläfen und erwiderte so lange nichts, dass April, die im Umgang mit Menschen sowieso unsicher war, schon befürchtete, sie hätte etwas falsch gemacht.

Dann sah die Sekretärin zu ihr auf. »Er kam vorhin, kurz nachdem Mr Nicholson Stella Campion in einem Taxi heimgeschickt hatte. Er packte seine Sachen und ging. Für immer.«

April sank in den Besucherstuhl. »Er ist gegangen? Wieso?«

»Weil Nicholson ihn rausgeschmissen hat. Stella hat Miguel der versuchten Vergewaltigung beschuldigt.«

»So ein Schwachsinn! Verzeihen Sie meine Ausdrucksweise.«

Mrs Guilford hob beschwichtigend die Hand. »Natürlich ist es Schwachsinn. Aber ich konnte den Chef nicht davon überzeugen.«

»Hatte Miguel denn keine Chance, sich zu verteidigen?«

»Ja, aber das hat es nur schlimmer gemacht. Er hat gesagt, es wäre genau umgekehrt gewesen. Stella hätte ihn angegriffen. Nicholson fand das gar nicht witzig.«

»Warum hat Stella das getan?«

»Ich schätze, es war verletzter Stolz, Eifersucht, Boshaftigkeit. Vielleicht ist sie auch einfach verrückt. Ich könnte sie eigenhändig erwürgen.«

April fühlte, wie ihr die Farbe aus dem Gesicht wich. »Bitte, tun Sie nichts, was sie später bereuen würden.«

Mrs Guilford runzelte die Stirn. »Das ist doch nur so eine Redewendung. Warum machen Sie sich nicht einfach an die Arbeit und vergessen die Angelegenheit.«

Sehr geehrter Mr Guilford,

Ich möchte Sie hiermit davon in Kenntnis setzen, dass ich Ihnen keine weiteren Berichte schicken werde. Ich habe erhebliche Schwierigkeiten auf mich genommen, um Ihrer Neugier Genüge zu tun. Auch wenn ich vollstes Verständnis dafür habe, dass Sie ein Auge auf Ihre Frau haben wollen, bin ich doch nicht willens, mich weiterhin dafür aufzuopfern. Unsere kleine Übereinkunft hat mir mehr Schwierigkeiten bereitet, als vorherzusehen war.

Mit besten Grüßen

Stella Campion

Stella faltete den Brief, steckte ihn in einen von Mr Guilfords voradressierten Umschlägen und schloss die Klappe. Jetzt war ihr wohler. Sie hatte zwar keine Skrupel gehabt, Geschichten zu erfinden über die angeblichen Rendezvous zwischen Nancy und Miguel, aber es hatte sie beunruhigt, weil sie manchmal durcheinander kam und nicht mehr unterscheiden konnte, was wirklich passiert war und was sie sich nur ausgedacht hatte.

Auf dem Weg zur U-Bahnstation Neasden warf sie den Brief ein. Mr Nicholson hatte darauf bestanden, dass sie sich den Rest der Woche frei nahm, aber Stella fühlte sich daheim immer so entsetzlich ihren Erinnerungen ausgeliefert. Bis zur Great Portland Street waren es neun Haltestellen. Stella brachte die Fahrt damit zu, sich ins Gedächtnis zurückzurufen, was letzten Abend passiert war. Wem war sie in Miguels Straße begegnet? War es Nancy gewesen oder diese Neue, April? Der Schock über das, was hinterher geschehen war, musste ihr Gedächtnis vernebelt haben. Satzfetzen trieben durch ihren Geist. *Ich hatte eine Vision ... Haare schneiden lassen ... Gefahr ... Es ist lebenswichtig.*

Das war natürlich völliger Unsinn. Aber was, wenn etwas dran war? Manche Menschen waren wirklich übersinnlich veranlagt. Woher sonst hatte April von dem Mann mit der Maske gewusst? Stella zermarterte sich das Hirn, aber sie bekam kein klares Bild, nur ein Flimmern, so wie es ihr auch mit der Erinnerung an die Vergewaltigung ging. Grausame Fragmente, Details, die sich übereinander schoben, gegenseitig aufhoben. Erst als April »Abschneiden« geschrien hatte, war ihr wieder eingefallen, wie der Maskierte ihren Zopf abgeschnitten hatte. Sie musste die traumatische Erinnerung verdrängt haben, und immer wieder drangen Splitter davon in ihr Bewusstsein.

Bei *Linguini* angekommen, stolzierte Stella zu Aprils Schreibtisch, drückte ihre Fäuste auf das Holz und forderte: »Was sollte das mit meinen Haaren?«

April sah hoch, auf schüchterne Art verärgert. »Dass Sie die Frechheit besitzen, sich hier wieder blicken zu lassen!«

»Warum soll ich mir die Haare schneiden lassen?«, beharrte Stella.

»Es ist mir völlig egal, was Sie mit Ihren Haaren machen. Es kümmert mich kein bisschen, ob Sie mit Ihrem Zopf stranguliert werden oder nicht. Lassen Sie mich in Ruhe.«

»War das Ihre Vision? Dass jemand mich erwürgt?«

»Was mich nicht wundern würde, nachdem Sie die Dreistigkeit hatten, Miguel eines Verbrechens zu beschuldigen, das er nicht begangen hat.«

»Sie kennen Ihn doch gar nicht. Er ist ein Monster. Ein Vampir. Ich wäre beinahe verblutet.« Sie zog ihren Pulliausschnitt herunter, damit April die Kratzspuren bewundern konnte.

»Sie haben den Verstand verloren.«

»Den würden Sie auch verlieren, wenn Sie das Gleiche durchmachen müssten wie ich. Ich bin durch die Hölle gegangen. Erst hat mein Stiefvater mich missbraucht. Dann hat mich ein maskierter Mann vergewaltigt. Und jetzt ... Miguel, dem ich vertraut habe. Was er getan hat, ist schlimmer als alles andere zusammen.«

Eine schwere Hand berührte sie an der Schulter. »Bitte, Mr. Campion, ereifern Sie sich nicht so. Was machen Sie überhaupt hier? Ich werde Sie nach Hause fahren.«

Stella schüttelte Nicholsons Hand ab. »Gleich morgen früh werde ich meine Haare schneiden lassen«, verkündete sie der verblüfften April. »Dann können Sie sich Ihre Vision sonst wohin stecken.«

Lügen

8/13

Rick saß mit geschlossenen Augen an seinem Schreibtisch und murmelte gedankenversunken vor sich hin. »Fassungslosigkeit und Scham. Etwas so Profanes. Das hätte ich nie gedacht.«

»Sir?«

Ricks Augenlider flatterten auf, seine Füße rutschten vom Schreibtisch. »Kommen Sie rein, Blockley.«

Detective Sergeant Timothy Blockley legte einen Aktendeckel auf den Tisch. »Die Akte, um die Sie mich gebeten hatten.«

»Ich hatte Sie um eine Akte gebeten?«

»Ja, Sir. Über Stella Campion.«

»Ich wusste nicht einmal, dass über sie eine Akte existiert. Ich hatte nur mal sicherheitshalber nachgefragt. Heute Morgen hatte ich ein höchst interessantes Gespräch mit einer beeindruckenden jungen Dame. Sie erinnerte mich an eine Sarabande von Erik Satie.«

»Aber sie war nicht Stella Campion, oder?« Blockley klappte den blauen Aktendeckel auf und nahm ein Foto heraus. Es zeigte eine kalte, blasse Schönheit. »Worum geht es?«

»Ich wollte nur wissen, ob sie schon mal mit dem Gesetz in Konflikt geraten ist.«

»Und ob.« Blockley tippte mit dem Zeigefinger auf die Akte. »Ich habe mir den Fall durchgesehen. Eigentlich sind es zwei Fälle.« Er setzte sich, Ricks Handbewegung folgend. »Als Stella zwölf war, beschuldigte sie ihren Stiefvater George Drover des sexuellen Missbrauchs. Ihre Mutter erstattete Anzeige, obwohl Mr Drover beharrte, dass das Mädchen sich alles nur ausgedacht hatte. Stella hatte unheimlich viele Details geliefert. In ihrer Aussage beschuldigte sie Mr Drover, so ziemlich jede Art sexueller Handlungen an ihr vorgenommen zu haben, die es gibt. Allerdings ergab eine eingehende gynäkologische Untersuchung, dass Stella noch nie Geschlechtsverkehr gehabt hatte und auch sonst keinerlei körperliche Schäden aufwies. Eine Psychologin wurde hinzugezogen, um ein Gutachten zu erstellen. Sie kam zu der Diagnose, dass Stella an

Wahnvorstellungen litt. Das Kind musste sich einer Therapie unterziehen und wurde mit Antipsychotika behandelt.«

Rick kritzelte Tabletten und Kapseln auf seine Schreibtischunterlage. »Was für ein Alptraum für Stellas Mutter. Und der andere Fall?«

»Fünf Jahre später kann Stella an einem regnerischen Herbsttag eine Stunde zu spät aus der Schule zurück. Sie war matschverschmiert, ihre Kleider zerrissen. Sie erzählte eine wilde Geschichte über einen maskierten Mann, der sie auf dem Spielplatz, an dem sie auf dem Heimweg vorbeikam, vergewaltigt haben soll. Wieder konnte die Gynäkologin keinerlei Spuren einer Vergewaltigung feststellen. Der Spielplatz wurde kriminaltechnisch untersucht und es sah so aus, als hätte Stella sich hinter einem Busch auf der nassen Erde gewälzt und ihre Bluse selbst zerrissen.«

»Also ein klarer Rückfall in ihre Psychose.«

»In Stellas Zimmer fand ihre Mutter eine ganze Schublade voller Zeitungsausschnitte, die alle von Vergewaltigungen berichteten, über viele Jahre gesammelt. Diesmal wurde Stella in eine psychiatrische Klinik eingewiesen und ein Jahr später als geheilt entlassen. Das war vor zehn Jahren, und seitdem ist nichts mehr vorgefallen, was bei uns aktenkundig ist.«

»Danke, Blockley.«

Der junge Mann erhob sich und streckte seine Arme. »Brick sagte, Sie brauchen leihweise einen großen, fies aussehenden Hund.«

Rick war ganz Ohr. »Allerdings.«

»Meine Freundin hat sich gerade einen Dobermannwelpen zugelegt. In einem halben Jahr dürfte er groß genug sein.«

»In einem halben Jahr werde *ich* an Wahnvorstellungen leiden.«

Nach der Arbeit ging April nicht heim, sondern zu Miguel, an den sie den ganzen Tag gedacht hatte. Er öffnete die Wohnungstür und sah sie mit schwarzen, glühenden Augen an, bewegte sich keinen Millimeter, sagte kein Wort, als wollte er sich schützen, indem er versteinerte. Er bestand eben doch nicht nur aus Grübchen und Sorglosigkeit. Ging es vielleicht allen Frauen so, dass sie sich von der dunklen Seite eines Mannes angezogen fühlten?

April sagte sanft: »Ich weiß, dass sie lügt.«

Augenblicklich wurden Miguels Züge weicher und April küsste ihn verzweifelt, von einer Sehnsucht getrieben, die ihr fremd war. Zärtliche Berührungen verwandelten sich in leidenschaftliche Umklammerung. Wo eben noch Stoff war, war jetzt nackte Haut. Aprils Stöhnen wurde gedämpft von den üppigen Blättern, die um das Rattansofa wucherten.

Hinterher saß sie auf dem Sofa zwischen den vielen Kissen, Miguels Kopf auf ihrem Schoß, Blue neben ihr ausgestreckt, Stille atmend, wie nur Katzen es können. April streichelte abwechselnd Miguels schwarzes Haar und Blues weißes Fell. Alle Visionen, die sie je gehabt hatte, vereinten sich in dem seltsam tröstlichen Gedanken: Nur wo auch Leben ist, kann es Tod geben

Miguel seufzte zufrieden. »Danke für dein Vertrauen.«

»Von Nicholson abgesehen, glaubt jeder bei *Linguini* an deine Unschuld. Du hättest sie hören sollen in der Mittagspause, wie sie überlegt haben, was man tun muss, um dich wiederzukriegen und Stella los zu werden.«

»Ich will gar nicht zurück.«

»Auch wenn du nicht wieder eingestellt werden willst, muss die Sache geklärt werden, sonst findest du keinen anderen Job. Außerdem brauchst du ein gutes Arbeitszeugnis.«

»Ich werde Nicholson bestimmt nicht auf Knien um Gnade anflehen.«

»Natürlich nicht. Darum müssen wir irgendwie beweisen, dass Stella lügt. Was ist wirklich passiert?«

»Sie tauchte unerwartet auf und stürzte sich förmlich auf mich, während sie mich gleichzeitig anflehte, ihr nicht weh zu tun. Es war grotesk. Ich hielt sie fest, damit sie aufhörte, nach mir zu schlagen. Sie wand sich, bis sie mit dem Rücken zu mir stand, und da ging Blue auf sie los. Mit einem gewaltigen Satz war er an ihrem Hals und rutschte mit den Krallen in ihre Haut gehakt an ihr herunter. Es ging so schnell, dass ich es nicht verhindern konnte. Ich holte Tücher und kaltes Wasser aus dem Bad, aber als ich zurückkam, war Stella gegangen. Blue ist wie ein Wachhund. Wenn jemand mich angreift, geht er dazwischen.«

April fuhr mit den Fingern durch seine dichten Haare, sein breites Kinn hinab, die Wangen hinauf. Miguel sah zu ihr hoch und berührte ihr Gesicht mit einer Hand. »Ich habe noch nie so klare, graue Augen gesehen. Sie sind wie der Himmel, der sich im Wasser spiegelt.« Er küsste ihre Handfläche. »Was für ein Tag. Ich habe meine Stelle verloren und dafür Liebe gefunden. Vielleicht könnte ich auf ein Arbeitszeugnis verzichten und meinen Lebensunterhalt als Bauchredner verdienen.«

»Ich werde dir ein Arbeitszeugnis ausstellen und Nicholsons Unterschrift fälschen.«

Er dehnte sich wie ein träger Panther, dann setzte er sich auf. »Die Idee ist gar nicht schlecht, nur dass ich es selbst tun werde. Ich will dich da nicht mit reinziehen.« Er drehte ihr Handgelenk zu sich und sah auf ihre Armbanduhr. »Acht. Da dürfte keiner mehr da sein außer Stella. Hm, der will ich natürlich am wenigsten begegnen.«

»Nicholson hat sie heimgefahren. Aber warum möchtest du es jetzt tun? Warum nicht am Wochenende oder nächste Woche?«

»Nicholson kommt am Wochenende manchmal rein, da ist es zu riskant. Und montags ändert er immer den Pincode.« Er stand auf und griff eine schwarze Lederjacke vom Kleiderhaken.

»Den neuen Code kann ich dir doch sagen.«

»Je weniger du da mit drin steckst, desto besser.« Er warf ihr eine Kusshand zu. »Auf dem Rückweg besorge ich uns was fürs Abendbrot.«

April spielte mit Blues Ohren, kitzelte ihn am Bauch und an den Pfoten, während er ihr ein erlesenes Schnurrkonzert bot. Aber es reichte nicht, um sie abzulenken. Hoffentlich wurde Miguel nicht erwischt. Dann fiel ihr ein, dass sie Inspector London anrufen könnte, um ihm zu sagen, dass sich die Sache mit ihrer Vision erledigt hatte, weil Stella sich die Haare schneiden lassen wollte.

London hatte ihr seine Karte gegeben, auf der auch die Nummer seines Handys stand. Er meldete sich nach dem dritten Klingeln. April entschuldigte sich dafür, dass sie ihn außerhalb seiner Arbeitszeit anrief, und erzählte ihm, dass sie Angelegenheit sich von alleine geregelt hatte.

Nach einer kurzen Stille fragte er in seiner ruhigen, tiefen Stimme: »Wenn alles geregelt ist, warum klingen Sie dann immer noch so nervös?«

Ihm entging wirklich nichts. »Das ist, weil mein Freund heute entlassen wurde. Jemand hat ihn beschuldigt, er ... er hätte sie sexuell belästigt.«

Wieder eine kleine Pause. »Arbeitet Ihr Freund auch bei *Linguini*?«

»Ja, wieso?«

»Das war nicht zufälligerweise Stella Campion, die ihn beschuldigt hat?«

April spürte, wie ihre Augenbrauen sich zusammenzogen. »Ja, sie war es. Sie hat behauptet, er hätte versucht, sie zu vergewaltigen.«

»Wie heißt ihr Freund?«

»Miguel Santos.«

»Hören Sie, ich werde gleich morgen früh bei *Linguini* vorbeischauen, mit dem Chef reden und die Sache in Ordnung bringen.«

»Wie wollen Sie das anstellen?«

»Stella Campion hat schon mehrfach Männer fälschlicherweise beschuldigt, sie vergewaltigt zu haben. Ihre Warnung, sie würde erdrosselt werden, wenn sie sich nicht die Haare schneidet, könnte ihre schlafende Psychose wachgerüttelt haben.«

Eine Psychose? Sie hatte doch die ganze Zeit gewusst, dass mit Stella etwas nicht stimmte. Ob sie deshalb diese Resonanz mit ihrem Geist gespürt hatte? »Und das reicht, um zu beweisen, dass Miguel unschuldig ist?«

»Es reicht, um Ihren Chef die Sache aus einer anderen Perspektive sehen zu lassen.«

April bedankte sich überschwänglich, legte auf, atmete mit einem tiefen Seufzer aus und sah auf ihre Uhr. Viertel nach acht. Miguel könnte bereits in seinem Büro sitzen und sein Arbeitszeugnis fälschen, das er gar nicht mehr brauchen würde. Sie beschloss, ihn anzurufen und ihm die gute Nachricht mitzuteilen. Nach fünf Klingeltönen meldete sich eine müde Stimme. »*Linguini*, Stella Campion am Apparat.«

April zuckte heftig zusammen. Was um Himmels Willen tat Stella dort? »Äh, hier ist April. Ist Miguel da?«

»Niemand ist da außer mir. Miguel hat hier sowieso nichts mehr verloren. Schon vergessen? Er wurde gefeuert, die miese Ratte.«

April riss sich zusammen. »Falls er auftauchen sollte, könnten Sie ihm dann bitte ausrichten, dass ich angerufen habe und dass er sofort zurückkommen soll?«

»Ich bin nicht Ihre verdammte Sekretärin.« Stella legte abrupt auf.

Sofort überkam April ein Gefühl von Dringlichkeit. Sie schnappte ihre Jacke, stieß die Arme in die Ärmellöcher und verließ Miguels

Apartment. Wenn sie den ganzen Weg rannte, konnte sie es in etwa sieben Minuten schaffen. Sie musste unter allen Umständen verhindern, dass Miguel und Stella aufeinander trafen, denn Stella hatte immer noch den langen Zopf, und sie würde Miguel provozieren, ihn bis aufs Äußerste reizen. Womöglich würde sie ihn angreifen und in Notwehr würde Miguel vielleicht ...

April kam nicht dazu, den Gedanken zu Ende zu denken. Sie hatte etwa die Hälfte der Strecke zurückgelegt, als die Welt plötzlich zur Seite glitt und ein stockender, krampfhafter Versuch, Luft zu holen, Besitz von ihrer Kehle ergriff. April lehnte sich an eine Hauswand und kämpfte gegen den Druck auf ihrer Lunge an, der nicht aufhören wollte.

Sie schaffte es, weiterzugehen, halb rennend, halb stolpernd, immer wieder Halt suchend. Als sie die Ecke New Cavendish Street und Great Portland Street erreichte, verließ sie die Kraft. Sie sank winselnd auf die Knie. Eine halbe Ewigkeit schien zu vergehen, bevor sie wieder einen klaren Gedanken fassen konnte. Sie stemmte sich hoch und legte den Rest des Weges zurück. An dem Gebäude, in dem sich die Büros von *Linguini* befanden, angekommen, stand die Haustür offen. Sie schleppte sich das dunkle Treppenhaus hoch. Auch die Tür zum Übersetzungsbüro war offen, eine klaffende Schwärze wie der Eingang einer Höhle. Sie hörte eine Bewegung und tastete nach dem Lichtschalter.

Stella lag mitten im Flur, die Beine obszön gespreizt, den Rock hochgeschoben, darunter nackt. Ihr Kopf war unnatürlich abgewinkelt. Und neben ihre kniete jemand. Er sah hoch, hielt die Hand schützend vor die Augen wegen des grellen Lichts. Es war Miguel.

Mit einem Pritzeln und Zischen gingen die Neonlichter wieder aus und auch Aprils Gedanken erlitten einen Kurzschluss. Sie fiel in Dunkelheit.

Schändung

9/13

»Du meinst, er hat sie vergewaltigt, als sie schon tot war? Das ist ja abartig.« Tante Ellie spießte etwas Speck auf die Gabel und hielt sie Rick hin. »Hier, iss, mein Junge.«

»Es ist nur unwesentlich abartiger, als eine Frau zu vergewaltigen, die noch lebt.« Er hätte ihr gar nicht davon erzählen sollen. »Und hör bitte auf, mich zu füttern wie ein Kleinkind.«

Es war später Samstagmorgen. Rick war gerade erst heimgekommen nach einer langen Nacht am Schauplatz des Verbrechens, später dem Verhörzimmer und zuletzt im Leichenschauhaus. Er hatte nur eine halbe Stunde, um sich frisch zu machen und eine Kleinigkeit zu frühstücken, bevor er wieder zurück musste.

Ellie ließ die Gabel vorwurfsvoll auf den Teller klirren. »So ein ungesunder Beruf. Du warst die ganze Nacht weg, nicht wahr? Das ist alles nur, weil du keine Frau hast. Die würde deine schlechten Gewohnheiten schon ändern.«

Rick entfloh der Gardinenpredigt und fuhr zum *Middlesex Hospital*, wo April Stevenson gestern Abend hingebracht worden war. Er hoffte, sie könnte etwas Licht in die Sache bringen.

Sie war bereits wach, als er ins Zimmer kam. Blass, aber aufrecht saß sie auf dem Bett und stocherte in einem Teller mit Rührei herum. Tante Ellie hätte bestimmt nicht widerstehen können, sie zu füttern wie einen flügellahmen Vogel.

»Guten Morgen, Mrs Stevenson.« Er zog einen Stuhl neben das Bett. »Wie geht es Ihnen?«

Sie schob das Tablett weg. »Was ist passiert? Warum bin ich im Krankenhaus? Die Schwestern konnten mir auch nichts sagen.«

»Dazu kommen wir gleich. Was ist das Letzte, woran Sie sich erinnern, bevor Sie das Bewusstsein verloren haben?«

»Stella lag auf dem Boden wie eine zerbrochene Puppe. Neben ihr kniete ... Miguel. Ich glaube, es war Miguel. Da ist bei mir eine Sicherung durchgebrannt.«

»Nicht nur bei Ihnen. Im ganzen Gebäude gab es einen Kurzschluss.«

Sie lächelte schwach. »Wieder so eine übersinnliche Fähigkeit, auf die ich gut verzichten könnte. Ist Stella ... ist sie tot?«

Er nickte.

»Ermordet?«

»Eindeutig.«

Sie fuhr sich langsam durch das ungekämmte Haar. »Es kann unmöglich Miguel gewesen sein. Er hat ein sanftes Wesen. Ich würde es doch irgendwie spüren, wenn er ein Mörder wäre.«

»Er war außerdem derjenige, der die Polizei gerufen hat, und auch gleich einen Krankenwagen«, bestätigte Rick. »Dann hat er Sie in die stabile Seitenlage gebracht. Sehr ungewöhnlich für einen Mörder.«

Sie lächelte dankbar.

»Was hat zu dieser fatalen Begegnung geführt?«, fragte Rick. »Es muss kurz nach Ihrem Anruf bei mir gewesen sein.«

Sie strich das Bettlaken glatt. »Ich hatte Sie aus Miguels Wohnung angerufen. Miguel war gerade gegangen. Er wollte ... Es war meine Idee. Idiotisch.«

»Sprechen Sie es ruhig aus. Miguel ging zu *Linguini*, um sein Arbeitszeugnis zu fälschen. Er hat es freimütig zugegeben. Mir geht es nur darum zu hören, ob Ihre und seine Version der Ereignisse sich decken.«

Sie entspannte sich sichtlich. »Nun, nachdem ich mit Ihnen telefoniert hatte, wollte ich, dass Miguel die Sache vergisst und wieder heimkommt. Es war viertel nach acht, also dachte ich, er könnte schon im Büro angekommen sein und rief dort an. Aber Stella hob ab. Sie war schon zwei Mal an diesem Tag heimgefahren worden, erst in einem Taxi, später von Mr Nicholson. Aber sie kam immer wieder zurück, wie ein Bumerang.«

»Erinnern Sie sich an den Wortlaut des Gesprächs?«

»Ich fragte, ob Miguel da sei. Sie meinte patzig, er hätte dort nichts mehr verloren. Ich bat sie, ihm auszurichten, dass er sofort heimkommen solle und daraufhin schnauzte sie mich an, sie sei nicht meine Sekretärin. Darum beschloss ich, selbst hinzugehen. Es war nicht wirklich ein Entschluss. Mehr ein inneres Drängen. Angst.« Ihre Augen, dunkler als Winterwolken, suchten in seinen nach Halt. »Und unterwegs passierte das, was mir immer passiert, wenn eine Vision sich verwirklicht. Ich spürte Stellas Ersticken. Ich konnte kaum weitergehen. Normalerweise ist so was in wenigen Sekunden vorbei, aber es dauerte den ganzen Weg und zuletzt spürte ich einen Schmerz tief in meinem Genick.«

»Können Sie abschätzen, wann das etwa war?«

»Es kam mir wie eine Ewigkeit vor, aber ich war sicher nicht länger als zehn Minuten unterwegs, weil ich den größten Teil der Strecke gerannt bin. Also kurz vor halb neun.«

»Als Sie am Haus ankamen, sahen Sie jemanden auf der Straße, im Treppenhaus?«

»Ich hätte nicht einmal einen Elefanten gesehen, weil ich wie durch einen langen dunklen Tunnel schaute. Ich muss schon halb bewusstlos gewesen sein. Ich sah nur, was direkt vor mir war. Alles was ich hörte, war ein Rauschen in meinen Ohren. Bis ich oben war. Dann war da ein huschendes Geräusch.«

»Huschend?«

»Ja, wie leise aber eilige Schritte. Ich griff nach dem Lichtschalter, und sah erst Stella, dann Miguel.«

»Bewegte er sich? Sagte er etwas?«

»Er kniete und sah zu mir hoch.«

»Wo genau kniete er?«

April schloss kurz die Augen. »Neben Stellas Kopf. Ich sah ihn im Profil, er drehte sich zu mir um. Eine Hand an den Augen, die andere am Boden, um sich abzustützen.«

»Was empfanden Sie? Angst, dass er Ihnen etwas tun könnte?«

»Ich bin nicht aus Angst ohnmächtig geworden. Eher aus Erschöpfung und dem Gefühl, zu spät gekommen zu sein. Vielleicht wollte ich auch einfach nicht wahrhaben, was ich da sah. Was hat Miguel ausgesagt?«

Rick rief sich das Verhör in Erinnerung. »Er war ruhig, bis auf die Sorge um Sie. Seine Aussage war umfassend und widerspruchsfrei. Er sagte, nachdem er von zu Hause weggegangen war, lief er erst etwas planlos durch die Straßen, weil er sich nicht ganz sicher war, ob er wirklich noch mal zu *Linguini* zurück wollte. Um halb neun ging er schließlich doch hinein. Alle Büros lagen im Dunkeln und schienen leer zu sein. Er machte kein Licht an, um keine Aufmerksamkeit zu erregen und ging in Mrs Guilfords Büro, tastete nach der richtigen Schublade, nahm ein Blatt Firmenpapier und ging den Flur hinunter, um an seinem PC den Brief zu tippen. Er hörte jemanden im Treppenhaus.«

»Das muss ich gewesen sein«, warf April ein.

»Er beschleunigte seine Schritte, stolperte über etwas. Eine Sekunde später ging das Licht an und da standen Sie, weiß wie ein Geist. Erst danach sah er Stella neben sich liegen. Er war über ihren Arm gestolpert. Würden Sie sagen, dass die Art, wie er kniete, durch Stolpern zustande gekommen sein konnte?«

April lächelte. »Sie halten mich für einen sehr ehrlichen Menschen, oder? Sie legen mir ja förmlich etwas in den Mund, das ich zu Miguels Entlastung sagen kann. Aber ja, er könnte gestolpert sein. Das würde sich auch mit dem decken, was ich gehört habe.«

Rick zog sein Notizbuch raus und kritzelte ein paar Stichwörter hinein. Er wartete, dass April das Offensichtliche aussprach.

»Er steckt ganz schön drin«, meinte sie schließlich. »Er hat ein eindeutiges Motiv. Er war am Tatort, wurde allein mit der Leiche erwischt. Und das ausgerechnet von mir. Was hätte er getan, wenn ich nicht gekommen wäre?«

»Das habe ich ihn auch gefragt. Er sagte, er hätte Licht gemacht, um zu sehen, was da im Weg lag, und hätte dann natürlich die Polizei gerufen. Vielleicht, meinte er, wäre er auch weggelaufen, so was ließe sich schlecht vorhersagen.«

»Wieso bin ich bloß so fest von seiner Unschuld überzeugt?« Sie richtete die Frage scheinbar an den Teller mit dem kalten Rührei. »Wurde er verhaftet?«

»Vorläufig.«

»Seine Katze! Jemand muss sich inzwischen um Blue kümmern.«

Das brachte Rick zu einem anderen Punkt, über den er April befragen wollte. »Hat Miguel Ihnen gesagt, was zwischen ihm und Stella Campion am Vorabend wirklich passiert ist?«

»Ja. Ich bin Stella an dem Abend begegnet, als sie auf dem Weg zu Miguel war. Sie machte einen verstörten und wütenden Eindruck. Miguel sagte, es wäre eine Art wütende Leidenschaft aus ihr herausgebrochen. Dann hat Blue sie gekratzt. Miguel wollte sie verarzten, aber sie ist gegangen.«

»Die Kratzwunden an ihren Beinen und am Oberkörper stammen laut dem Gerichtsmediziner tatsächlich von einer Katze. Einer sehr starken und, hm, hemmungslosen Katze.«

April schmunzelte. »Blue kann sanft sein wie ein Lamm, wenn er jemanden mag. Aber was ist jetzt mit ihm? Wann werde ich entlassen, um mich um ihn zu kümmern? Kann ich den Schlüssel zu Miguels Apartment haben?«

»Die Spurensicherung ist heute Nachmittag drin, dann kann ich Ihnen den Schlüssel geben.«

April kaute an ihrer Unterlippe. »Sie sagten da neulich etwas über eine Tante, wegen der Sie einen Hund bräuchten. Eine hemmungslose Katze ist fast so gut wie ein Hund.«

Rick kratzte sich mit dem Bleistiftende an der Wange. »Interessanter Gedanke. Ich werde dafür sorgen, dass Blue vorübergehend eine nette Bleibe bei mir hat.«

»Hoffentlich kommt Miguel bald wieder frei. Es muss doch Spuren an Stella geben, die auf den wirklichen Täter deuten.«

»Ja, da wäre zum Beispiel das Sperma, das noch getestet werden muss.«

»Welches Sperma?«

Rick sah keinen Grund, warum er sie nicht einweihen sollte. »Was da ablief, war folgendes: Erst wurde Stella mit ihrem Zopf gewürgt, genau wie Sie es vorhergesehen hatten. Aber das brachte sie noch nicht um. Sie war am Leben und keineswegs gefährlich verletzt, nur bewusstlos. Sie starb an einem Genickbruch.«

Aprils Hand legte sich schützend um ihren Nacken. »Ja«, hauchte sie, »das habe ich gespürt. Genau das.«

»Danach wurde sie vergewaltigt. Eine traurige Ironie. Sie hat so oft fantasiert, sie wäre vergewaltigt worden. Und dann ist es passiert, aber da lebte sie schon nicht mehr«

»Kann man das so genau feststellen? Ob es davor oder danach war?«

»Ja, das kann man. Und wenn das Sperma nicht Miguels ist, dann ist er so oder so entlastet. Und dann ist da noch die Sache mit Stellas Unterhose.«

»Sie hatte keine an, das habe ich gesehen.«

»Genau. Sie trug einen weißen Spitzen-BH mit passendem Strumpfgürtel und Nylonstrümpfe. Nur die dazugehörende Unterhose fehlt. Um sie zu vergewaltigen, hat der Mörder ihr wahrscheinlich die Unterhose runtergerissen. Nur haben wir sie nirgendwo gefunden. Im ganzen Gebäude nicht. Auch nicht draußen, unter einem der Fenster. Das könnte darauf schließen lassen, dass der Mörder sie mitgenommen hat.«

Eine Schwester kam herein und sah das unangetastete Frühstück. »Kann ich Ihnen etwas anderes bringen, Mrs Stevenson?«, fragte sie fürsorglich. »Sie müssen wieder zu Kräften kommen.«

»Oh, da fällt mir ein ...« Rick zog eine Banane aus seiner Aktentasche und überreichte Sie April. »Die hat mir Tante Ellie aufgenötigt, weil sie befürchtet, dass ich vor lauter Arbeit verhungere.«

Die Schwester verschwand mit dem Tablett und April schälte die Banane. »Weiß Mr Nicholson Bescheid? Wie ist es eigentlich mit *seinem* Alibi?«

»Das überprüfen wir noch. Er ist übrigens derjenige, der zuerst erwähnt hat, dass Miguel Stella aus Rache ermordet haben könnte.«

Nach einem zaghaften Biss in die Banane meinte April: »Wo war der wirkliche Mörder? Hielt er sich versteckt? Konnte er abhauen, als Miguel in Mrs Guilfords Büro war? Hatte er genug Zeit, Stella zu vergewaltigen und abzuhauen? Er hatte doch höchstens zehn Minuten von dem Moment an, wo Stella das Telefonat mit mir abgebrochen hat, bis zu dem Augenblick als Miguel sie fand. Ich hätte ihm begegnen müssen. Außer, er hörte mich und wartete auf dem nächsten Treppenabsatz.« Sie aß gedankenverloren weiter.

Rick sah ihre hellen Hände an. »Sie tragen keinen Nagellack und keine künstlichen Fingernägel.«

Sie hob eine Hand, wie um sich davon zu überzeugen. »Meine Mutter denkt, solche Krallen sind schick, aber ich finde sie unpraktisch. Wieso?«

»Wir fanden in Stellas Haar einen knallrot lackierten künstlichen Fingernagel. Stellas Nägel waren dunkelrot lackiert und es waren ihre eigenen.«

Die Andeutung eines Stirnrunzelns erschien über Aprils Nasenwurzel. »Der Mörder muss männlich gewesen sein, wo käme sonst das Sperma her? Aber nur Frauen lackieren sich die Fingernägel. Und Transvestiten, die künstliche Fingernägel benutzen. Gibt's ja alles. Oder der Nagel lag einfach so am Boden, weil jemand ihn im Laufe des Tages verloren hatte, und geriet dadurch in Stellas Haare.«

Die Schwester erschien erneut, diesmal mit einem Anmeldebogen in der Hand. »Kennen Sie eine Mrs Imogen Stevenson?«

April umklammerte Ricks Handgelenk mit ihrer eiskalten Hand. »Das ist meine Mutter. Was ist mit ihr?«

»Sie wurde vor zwei Stunden eingeliefert. Man fand sie bewusstlos am Bahnhof King's Cross. Sie liegt auf der Intensivstation. Möchten Sie sie sehen?«

April warf das Laken zurück und schlüpfte in ihre Sandalen. »Was macht sie denn in London? Sie lebt in Cambridge. Sie hat mich kürzlich besucht, aber sie ist am Donnerstagmorgen wieder zurückgefahren. Mit dem Zug ab King's Cross. Das war vorgestern. Wieso ist sie noch hier?«

Rick stützte sie, als sie im Aufzug hochfuhren. Er kannte den Arzt, der sie auf der Intensivstation erwartete. Er kannte fast alle Angestellten des *Middlesex Hospital*, weil sein Lebensgefährte vor zwei Jahren hier gestorben war.

Der Arzt nickte ihnen beiden zu. Während sie sterile Mäntel anzogen, erklärte er, was passiert war. »Mrs Stevenson wurde in einer Toilette in King's Cross gefunden. Sie hatte eine gefährliche Kombination aus Drogen und Alkohol genommen, dazu stark überdosiert. Wir mussten sie entgiften, aber sie ist immer noch nicht zu sich gekommen.«

Sie betraten den Raum und das erste, was Rick sah, war ein Kissen voll grell orangefarbener Haare.

April weinte, putzte sich die Nase, streichelte ihrer Mutter die Wange. »Sie wird doch nicht sterben? Sie hat mehr Energie als ein Kraftwerk. Sie geht immer auf Inlineskates einkaufen. So jemand kann doch nicht sterben, das ist völlig unmöglich.«

»Ihr Zustand ist hinreichend stabil«, versicherte der Arzt.

Rick erkundigte sich, ob Imogen Stevenson etwas dabei gehabt hatte.

»Eine Handtasche.«

»Kann ich sie sehen?« Er wandte sich an April. »Mit Ihrer Erlaubnis?«

Sie nickte kurz.

»Sie ist da drüben im Schließfach«, sagte der Arzt und deutete in den Überwachungsraum. »Ich muss jetzt meine Runde weitermachen.«

Rick überließ April sein Taschentuch, falls sie noch mehr weinen musste, und ging sich die Handtasche ansehen. Zwischen einem Lippenstift, einem Zugfahrschein und anderem Krimskrams fand er zwei recht interessante Dinge: eine spitze Schere und einen gelben Zettel mit der Notiz »970546 Stella«. Er entnahm beides und ging es April zeigen. »Was könnte das bedeuten?«

April hatte sich inzwischen wieder im Griff. »Imogens Handschrift. 97 ... Das ist der Pincode für das elektronische Schloss von *Linguini*. Woher hat sie den? Ich habe ihn ihr jedenfalls nicht gesagt, und sie kennt niemanden bei *Linguini*.«

»Sie könnte dort angerufen haben, nachdem Sie ihr von Ihrer Vision erzählt hatten.«

»Das ist es ja gerade.« April knüllte das Taschentuch zusammen. »Ich habe ihr nichts davon erzählt. Das letzte Mal hatten wir miteinander gesprochen, bevor ich Donnerstag zur Arbeit ging. Die Vision hatte ich danach. Und Imogen müsste in Cambridge sein. Ich habe ihr selbst den Koffer gepackt.«

Ihre Stimme bebte und Rick legte ihr besänftigend eine Hand auf die Schulter. »Sie sollten jetzt besser wieder in Ihr Bett zurück.«

April schüttelte den Kopf. »Was hat meine Mutter mit Stellas Tod zu tun?«

Er bot ihr seinen Arm an. »Kommen Sie, Sie müssen sich hinlegen.« Er wollte vermeiden, dass sie auf die Hände ihrer Mutter sah. Ihre Fingernägel waren künstlich und grellrot lackiert. Der Nagel des Mittelfingers fehlte.

Wäsche

10/13

Blue saß in Ricks Küche vor seinem leeren Futternapf, einen zutiefst vorwurfsvollen Ausdruck in den kristallblauen Augen. Als Rick sich ihm näherte, fauchte der Kater und legte die Ohren zurück. Rick dachte daran, wie er Stella zugerichtet hatte, und hielt erst mal respektvoll Abstand.

»Also, hör mal zu, mein Junge, machen wir ein Geschäft. Du frisst mich nicht, dafür mache ich dir eine Büchse auf.« Rick ging in die Hocke und hielt dem Tier seine Hand vors Maul. »Beschnupper mich erst mal.«

Augenblicklich schlug Blue die Zähne in Ricks Handgelenk. Rick jaulte auf. Er wusste, wenn er die Hand jetzt wegzog, machte er es nur schlimmer, also drückte er den Kater zu Boden, gerade so, dass er sich nicht mehr rühren konnte. Blue öffnete protestierend das Maul, aber Rick ließ ihn noch ein bisschen in der ungemütlichen Lage, gerade lange genug, um klarzumachen, wer hier der Boss war, dann nahm er die Hand langsam weg. »Dein Besitzer hat dir wohl keine Manieren beigebracht. Beiß nicht die Hand, die den Büchsenöffner betätigt.«

Blue rollte herum und schleckte sich die Vorderpfoten, als wäre nichts geschehen.

»Das nenne ich Charakterstärke.« Rick grinste, stand auf und suchte nach Katzenfutter. Er fand es, löffelte eine großzügige Portion in den leeren Napf und stellte eine Schale Wasser daneben. Blue ignorierte das Angebot mit betonter Würde. Also verließ Rick die Küche und machte es sich auf dem Sofa im Wohnzimmer gemütlich. Keine zwei Sekunden später hörte er, wie Blue sich heißhungrig über das Futter hermachte.

Kurz darauf kam er mäulchenschleckend mit pfeilgrade erhobenem Schwanz ins Wohnzimmer stolziert. Seine Körpersprache sagte: »Alles vergeben und vergessen, alter Sportsfreund.« Bevor Rick dazu kam, das Sofakissen neben sich für Blue zurechtzulegen, war der Kater schon auf seinen Schoß gesprungen, schnurrte in Lautstärke und pfötelte mit Inbrunst. Die Einsamkeit hatte ihm wohl genauso zu schaffen gemacht wie der Hunger.

Rick fand, dass er nach der anstrengenden Nacht eine Pause verdiente, schloss die Augen, streichelte Blue und ließ seine Gedanken ungestört der Frage nachgehen, was das Auftauchen von Aprils Mutter bedeuten könnte.

Was, wenn Miguel am Donnerstagabend tatsächlich versucht hatte, Stella zu vergewaltigen? Vielleicht hatte Stella daraufhin Imogen Stevenson angerufen, um sie zu warnen, dass ihre Tochter drauf und dran war, sich mit einem gefährlichen Kerl einzulassen. Imogen glaubte ihr natürlich kein Wort und Stella wollte ihr zeigen, wie Miguel bzw. sein Kater sie zugerichtet hatte. Sie überredete Imogen zu einem Treffen und gab ihr den Pincode. Das könnte erklären, warum Imogen sich die Nummer und Stellas Namen notiert hatte. Es könnte auch erklären, warum Stella am Freitagabend im Büro gewesen war, obwohl Nicholson sie heimgefahren hatte: Sie hatte eine Verabredung mit Imogen Stevenson.

Und was war mit der langen, spitzen Schere in Imogens Handtasche? Wusste sie von Aprils neuester Vision und war nach London gekommen, um Stella die Haare zu schneiden? Andererseits konnte es Zufall sein, denn viele Frauen haben etwas bei sich, womit sie sich im Notfall verteidigen können. Haarspray, Pfefferspray, Küchenmesser oder eben eine Schere.

Blieb noch die Frage, warum sich Imogen nach der Begegnung mit Stella betrunken und mit Drogen zugedröhnt hatte.

Eine halbe Stunde später wachte Rick auf, mit steifem Genick und eingeschlafenen Beinen. Vorsichtig hob er Blue von seinem Schoß, stand auf und legte den schnurrenden Kater auf den noch warmen Platz, auf dem er gesessen hatte. »Bis heute Abend, Kumpel. Dann musst du in Topform sein.«

Rick fuhr nach Neasden. Eine trübe Vorstadt, Straße um Straße mit Reihenhäusern aus der Vorkriegszeit. Rick blieb im Türrahmen stehen und sah sich um. Alles war schäbig und heruntergekommen: die grau-grüne, verblasste Tapete, der fleckig-braune PVC-Boden, die rußigen Fenster und die Möbel, die von so vielen Mietern benutzt worden waren, dass sie müde und unpersönlich wirkten wie die Einrichtung einer billigen Absteige. Ein Kleiderschrank, ein eingesunkenes Bettsofa, ein Waschbecken, ein Tisch mit einem wackeligen Stuhl und eine Kommode. Hinter einem dünnen Perlenvorhang stand ein verkrusteter Herd unter fettig glänzenden Oberschränken. Keine Pflanze, kein Bild an den Wänden, nicht der leiseste Versuch, die triste Wohnung aufzuheitern.

Rick nahm den Kleiderschrank in Augenschein, schob die Bügel hin und her, registrierte, was ihm die übliche weibliche Garderobe zu sein schien: Blusen, Kleider, Röcke von Mini bis Maxi, zwei Pullover, ein dunkelblauer Blazer, ein Regenmantel und ein Wintermantel. Darunter standen die Schuhe aufgereiht. Hosen hatte Stella nicht in ihrem Sortiment. In der Kommode fand er Strumpfgürtel und Büstenhalter jeweils in passenden Sets. Außerdem Taschentücher und Nylonstrümpfe.

In der untersten Schublade war keine Wäsche, sondern ein Zeichenblock, den er herausnahm, auf die Kommode legte und durchblätterte. Erst hielt er die einfachen Bleistift- und Kugelschreiberzeichnungen für Bilder, die Stella als Kind während ihrer Therapie gemalt hatte, denn die krakeligen Skizzen zeigten stets einen Mann und eine Frau beim Sex. Dann fiel ihm auf, dass die Frau auf den Bildern erwachsen war und einen langen Zopf hatte, wie Stella selbst. Der Mann war ebenfalls immer derselbe. Rick lehnte den Block gegen die Wand und trat drei Schritte zurück. Jetzt erkannte er, wen der Mann darstellen sollte. Es war Miguel Santos.

Rick legte den Block zurück, schloss die Schublade und setzte sich auf den einsamen Stuhl am Esstisch. Irgendetwas war nicht so, wie es sein sollte. Er sah sich noch einmal um. Was hatte ihn gestört? Etwas in der Küche? Im Kleiderschrank? Der Kommode? Strumpfgürtel. Ziemlich altmodisch, andererseits recht sexy. Mit weiblicher Unterwäsche kannte Rick sich nicht sonderlich gut aus. Aber jeder Mensch, egal welchen Geschlechts, trägt normalerweise Unterhosen. Nur: Stella hatte keine Unterhosen. Nicht eine einzige. Konnten die alle in der Wäsche sein?

Rick fand das Badezimmer neben der Küche, eine fensterlose, spärlich beleuchtete Abstellkammer, in die eine Toilette und eine Dusche eingebaut worden waren. Da war kein Platz für schmutzige Wäsche. Überhaupt war in dieser Wohnung kein Platz für irgendetwas, am wenigsten für einen Menschen. So gesehen hatte Stella keinen Grund gebraucht, auch nachts in ihrem Büro zu sein, ob sie nun jemanden treffen wollte oder nicht.

Er ging wieder ins Wohn-Schlafzimmer und entdeckte schließlich unter dem Waschbecken in einem Unterschränkchen mit schiefer Tür einen Haufen Schmutzwäsche, den er seufzend auseinander klaubte, wobei er Blusen und Strümpfe entdeckte, aber keine einzige Unterhose.

Damit war es klar, warum Stella keine Unterhose getragen hatte, als man sie fand, und warum im ganzen Gebäude keine zu finden war. Sie hatte nie eine angehabt. Alles, was sie unter ihren Röcken trug oder unter ihren Kleidern, waren Strumpfhalter und Strümpfe. Sie war in gewissem Sinne immer nackt unter ihrer Kleidung, nackter als andere Menschen. Sie lebte nicht in ständiger Angst davor, vergewaltigt zu werden, sie wartete geradezu darauf.

Er setzte sich wieder an den Tisch, auf dem eine leere Tasse stand. Da es in der kleinen Wohnung keinen weiteren Tisch gab, hatte er auch als Schreibtisch zu dienen, und darum lagen hier ein Schreibblock, ein Kugelschreiber, ein Roman und fünf Briefumschläge, vorfrankiert und adressiert. Die Adresse war immer dieselbe: Harold Guilford in Richmond. War Guilford nicht der Nachname von Ian Nicholsons Sekretärin?

Rick nahm einen Bleistift aus der Innentasche seiner Jacke und fuhr damit leicht über das oberste Blatt des Schreibblocks. Zarte Spuren einer unsicheren Handschrift erschienen. Einiges davon war lesbar: »Guilford ... weiteren Bericht ... Auge auf Ihre Frau ... aufzuopfern ... wierigkeiten ... vorherse ....«

Stella schrieb an Guilford, sie schrieb über seine Frau. Aber selbst diese wenigen Wörter wirkten unnatürlich, wie aus einem Buch. Ein Buch! Er nahm den Roman, der aufgeblättert auf den Seiten lag, drehte ihn um und überflog die Seite. Ein Briefroman. Und da stand der Brief, den Stella womöglich als Letztes geschrieben hatte:

Sehr geehrter Mr Hermans,

Ich möchte Sie hiermit davon in Kenntnis setzen, dass ich Ihnen keine weiteren Berichte schicken werde. Ich habe erhebliche Schwierigkeiten auf mich genommen, um Ihrer Neugier Genüge zu tun. Auch wenn ich vollstes Verständnis dafür habe, dass Sie ein Auge auf Ihre Frau haben wollen, bin ich doch nicht willens, mich weiterhin dafür aufzuopfern. Unsere kleine Übereinkunft hat mir mehr Schwierigkeiten bereitet, als vorherzusehen war.

Mit besten Grüßen
Jackson W.

Nancy Guilford versuchte, nicht zu zeigen, wie unbehaglich sie sich fühlte. Der Constable, der gekommen war, um ihre Aussage aufzunehmen, war zwar nett, aber sie hatte Angst, etwas Verräterisches zu sagen. Sie konnte sich kaum konzentrieren, daher versuchte sie, sich nur an die Fakten zu halten, vor allem, als er sie nach der angeblichen Vergewaltigung ausfragte, wegen der Miguel gefeuert worden war. Obwohl sie gerne mehr Details gewusst hätte über das, was letzten Abend passiert war, stellte sie bewusst keine Fragen, weil man damit oft auf subtile Weise Informationen preisgibt. Sie unterdrückte den wiederkehrenden Impuls, die Hände aneinanderzureiben und laut zu stöhnen. Erst als der Polizist gegangen war, brach sie in Tränen aus.

Der Tag hatte mit einem Schock angefangen. Um fünf Uhr morgens hatte Nicholson sie angerufen und ihr ohne Umschweife mitgeteilt, dass Miguel Santos Stella Campion ermordet hatte. Nancy konnte und wollte das nicht glauben, auch wenn die Beweislage erdrückend war.

Es war Samstag. Ob James und Andrew immer noch zum gewohnten Nachmittagstee nach Richmond kamen? Sie hatte Sehnsucht nach den Jungs und ihrer wunderbaren Schwiegertochter Angelina. Nancy riss sich zusammen und trocknete ihre Tränen. Harold hatte kein Recht, ihr den Umgang mit ihren Kindern zu verbieten.

Ob sie einfach rausfahren sollte? Sie könnte als Vorwand angeben, dass sie Halt und Trost brauchte, weil in ihrem Büro ein Mord stattgefunden hatte. Harold hatte eine schaulustige Ader und würde sie reinlassen, nur um sie auszuhorchen und jedes gruselige Detail zu erfahren.

Während der U-Bahnfahrt kamen ihr wieder Zweifel, die sie unterdrückte, indem sie sich eine Version des Verbrechens ausdachte, in der Miguel nicht vorkam.

Sie ging den Weg, den sie noch vor drei Monaten jeden Abend nach der Arbeit gegangen war, mit eingezogenen Schultern. Je vertrauter die Umgebung wurde, desto fremder fühlte sie sich. Sie klingelte zaghaft.

»Du?«, sagte Harold, als er öffnete.

»Es ist etwas Schreckliches passiert«, sagte sie anstelle einer Begrüßung. »Ein Mord.«

Sie sah, wie seine Neugierde mit seiner Sturheit rang. »Mach hier keinen Aufstand und komm rein.«

Sie waren alle im Wohnzimmer versammelt. James, der seinem Vater von Jahr zu Jahr ähnlicher wurde, saß auf einem ungemütlichen Stuhl mit gerader Lehne. Er stellte seine Teetasse ab und sah betont an Nancy vorbei. Andrew wurde rot und lächelte verlegen. Angelina stand auf und umarmte Nancy. »Du wirkst verstört, was ist los? Komm, setz dich neben mich.«

»Ein Mord. Bei uns im Büro. Letzte Nacht. Jemand hat ihr das Genick gebrochen.«

»Sprich in drei Teufels Namen in ganzen Sätzen«, bellte Harold.

»Harold, bitte! Siehst du denn nicht, dass Nancy unter Schock steht?« Angelina schenkte ihrer Schwiegermutter eine Tasse Tee ein.

Es klingelte an der Haustür, und da Angelina sowieso gerade stand, ging sie öffnen. Kurz darauf führte sie einen gut gekleideten Herrn herein. »Wir haben Besuch von der Polizei«, verkündete sie augenzwinkernd. »Ein leibhaftiger Detective Inspector.«

Nancy hatte an ihr immer schon ihre unbekümmerte Art bewundert. Andrew hätte keine bessere Frau finden können, um seinem Vater vor Augen zu führen, wie leicht andere Menschen das Leben nahmen.

Der leibhaftige Detective Inspector stellte sich als Frederick London vor und sah alle Anwesenden kurz an. Schließlich blieb sein Blick an Nancy haften. »Mrs Guilford? Könnte ich Sie einen Augenblick alleine sprechen?«

»Ja, sicher«, sagte sie mit fester Stimme, die nichts von ihrer Unruhe verriet.

Sie führte ihn ins Esszimmer. »Mrs Guilford, bevor ich mit Ihrer Familie rede, muss ich ein paar Punkte klären. Sie haben eine Adresse in Islington. Leben Sie von Ihrem Mann getrennt, oder ist das nur eine Zweitwohnung?«

»Wir leben getrennt.«

Er nickte. »Das ist ein schmerzlicher Bruch. Man trennt sich dabei nicht nur von einem Menschen, sondern von seinem ganzen Umfeld.«

»Ja, von meiner Familie, meinen Freunden. Allen bin ich entfremdet.«

»Wessen Schuld ist das?«

»Meine, schätze ich, weil ich Ehebruch begangen habe.«

»Ein Ehebruch ist erst dann ein Trennungsgrund, wenn der Partner davon erfährt, oder wenn man selber den neuen Partner vorzieht.«

Sie sagte nichts. Er kam der Wahrheit gefährlich nahe.

London schweifte ab. »Niemand mochte Stella. Nicht einmal ihre Mutter vergießt wegen ihr eine Träne.«

»Ich konnte mit ihr auch nie warm werden«, sagte Nancy vorsichtig, da sie nicht wusste, worauf er hinaus wollte.

»Stella war völlig auf Miguel fixiert. Sie hätte sicher alles getan, um ihn und eine andere Frau auseinanderzubringen.« Ruhig, fast erwartungsvoll sah er sie an. Als würde er Nancys Reserviertheit ausloten, ohne dabei zudringlich zu werden.

»Hat Miguel Ihnen erzählt, dass wir eine Affäre hatten?«, fragte Nancy.

»Nein.«

»Woher wissen Sie es dann?«

»Ich wusste es nicht.«

Jetzt hatte sie sich selbst verraten. Nancy seufzte und setzte sich an den Küchentisch. Dann schüttete sie DI London ihr Herz aus. »Selbst heute noch wirft Harold mir vor, ihn zu betrügen«, sagte sie zuletzt. »Dabei ist es zwischen Miguel und mir schon lange aus. Ich weiß nicht, wie ich damit umgehen soll. Ich glaube, er genießt es, mich damit zu quälen, dass er mich meinen Jungs gegenüber in den Schmutz ziehen kann.«

»Ich verstehe. Ihr Mann erinnert mich an meinen Bruder Brian. Um sich stark zu fühlen, brauchte er immer einen Schwächeren, den er drangsalieren konnte. Als Kind mit Fäusten, als Erwachsener mit Moralvorstellungen.« Seine Mundwinkel deuteten ein trauriges Grinsen an. »Ich hatte das Pech, ständig in seine Schusslinie zu geraten.« Jetzt wurde sein Lächeln warm. »Gehen wir wieder zu den anderen. Sie werden sehen, wie schnell man so ein aufgeplustertes Ego zusammenschnurzeln lassen kann.«

Nancy war das nicht geheuer. Mit Harold war bis jetzt noch niemand fertig geworden.

Im Wohnzimmer nahm London von Angelina eine Tasse Tee entgegen, setzte sich und sagte liebenswürdig zu Harold: »Mr Guilford, wie gut kannten Sie Stella Campion?«

Harolds Augenbraune formten eine gerade Linie. »Ist das die Frau, die ermordet wurde?«

»Sie haben meine Frage nicht beantwortet, Sir.«

»Ich bin in keiner Weise dazu verpflichtet, Ihre Fragen zu beantworten, Detective. Aber Sie sind uns eine Erklärung schuldig, warum Sie unseren Nachmittagstee stören. Hätte es nicht gereicht, Nancy zum Verhör mitzunehmen? Ich habe mit ihren Kollegen bei *Linguini* nie zu tun gehabt.«

London nahm seelenruhig ein Plätzchen von dem Teller, den Angelina ihm reichte, und tunkte es in seine Tasse. »Haben Sie Stella für ihre Dienste bezahlt?«

James, der seine Mutter bis jetzt keines Blickes gewürdigt hatte, sah sie vorwurfsvoll an, als wäre es ihre Schuld, dass sein Vater sich solche Frechheiten gefallen lassen musste.

»Von was für Diensten sprechen Sie?«, fragte Harold indigniert.

Nancy konnte sich auch keinen Reim darauf machen.

London aß den aufgeweichten Keks. »War es Stellas Idee, Ihnen die Berichte zu schicken, oder hatten Sie sie darum gebeten?«

»Die Berichte«, echote Harold. Seine Augen huschten unruhig hin und her. »Hat sie davon etwa Kopien behalten?«

James verschluckte sich an seinem Tee.

London fixierte Harold. »Wann wurde Ihnen klar, dass Stella sich das alles nur ausdachte?«

Harold fiel die Kinnlade herunter. »Sie ... sie dachte es sich aus?«

»Ich würde jetzt endlich gerne wissen, worum es hier geht«, mischte sich James ein.

London wandte ihm seine Aufmerksamkeit zu. »Stella Campion, die gestern Abend stranguliert in den Räumen von *Linguini* aufgefunden wurde, war diejenige, die Ihren Vater von der kurzen Affäre Ihrer Mutter mit einem ihrer Kollegen informierte.«

Nancy bemerkte, dass er »kurze Affäre« gesagt hatte und lächelte ihn dankbar an.

»Ihre Mutter beendete die Affäre noch am gleichen Tag. Trotzdem schrieb Stella Ihrem Vater regelmäßig Berichte über heimliche Treffen Ihrer Mutter mit ihrem Liebhaber. Diese Berichte waren voller Lügen und unrealistischer Szenarien.«

So war das also gewesen. Stella hatte Harold weiter gegen sie aufgehetzt.

Harolds Haltung blieb aufrecht, aber sein unsteter Blick verriet ihn. Er hatte Stella anscheinend jedes Wort geglaubt. Wenn er das jetzt zugab, dann würde er sich der Lächerlichkeit preisgeben. Aber wenn er sagte, er hätte gewusst, dass die Berichte nur erfunden waren, dann hatte er zu erklären, warum er diese Anschuldigungen ungefiltert an Nancy weitergegeben hatte.

»Woher wissen Sie, dass Stella gelogen hat?«, fragte Harold. Sein letzter Ausweg.

Nancy hoffte inständig, dass London darauf eine verdammt gute Antwort hatte.

Er öffnete seine Aktentasche und entnahm ihr ein Buch. »Sie kopierte die Texte aus diesem Briefroman. *Love is a Burden* von Kelly O'Mara. Stella hat lediglich die Namen und Orte geändert. Sie hat Sie ganz schön drangekriegt.«

Harold rieb sich die Mundwinkel.

London legte das Buch auf einen Beistelltisch und sagte zu niemandem im Besonderen: »Verletzter Stolz ist ein häufiges Mordmotiv.«

Nancy schloss für einen köstlichen Moment die Augen. Das war zu schön, um wahr zu sein. Natürlich war es eine lächerliche Anschuldigung.

Harold schnappte nach Luft. »Also, die einzige Person in diesem Raum, die ein Motiv hat, ist Nancy.«

London nickte ernst. »Schwache Menschen reagieren auf Anschuldigungen immer mit Gegenanschuldigungen.«

Harolds Hände umschlossen die Armlehnen. »Verlassen Sie augenblicklich mein Haus! Das muss ich mir nicht bieten lassen.«

London erhob sich und streckte sich. »Danke für den Tee«, sage er zu Angelina, dann zu Harold: »Ich schicke morgen früh einen Constable vorbei, der sie zum Verhör abholt.«

»Und Nancy?«

»Ihre Frau hat bereits eine Aussage gemacht. Davon abgesehen, war der Täter keine Frau, da Stella vergewaltigt wurde. Wenn Sie unschuldig sind, haben Sie nichts zu befürchten. Betrachten Sie es als Formalität. Sicher beruhigt es sie zu wissen, dass die Polizei ihre

Arbeit gründlich macht.« Er legte das Buch in die Aktentasche und ließ sie zuschnappen.

Alle waren so perplex, dass keiner auf die Idee kam, ihn zur Tür zu bringen.

Andrew stützte die Ellbogen auf die Knie. »Es tut mir Leid, Mom. Wir hätten dir glauben sollen, dass du die Affäre beendet hattest.« Er atmete hörbar aus und sah kopfschüttelnd zu seinem Bruder. »Diese Stella hat nicht nur Dad zum Narren gehalten, sondern auch James und mich.«

Nancy lächelte milde. Sie fühlte sich, als wehte nach vielen schwülen Nächten endlich wieder ein frischer Wind. Sie sollte jetzt besser gehen. Harold würde sich eher die Zunge abbeißen, als einen Fehler einzugestehen. »Könntest du mich heimfahren, Andy?«

Andrew, Angelina und Nancy ließen James und Harold in ihrer brütenden Stille zurück. Sie wusste, James würde sie bald anrufen. Nicht um sich zu entschuldigen, das konnte er so wenig, wie sein Vater. Er würde einfach so tun, als wäre nie etwas gewesen.

Sie hatte ihre Familie wieder.

Feind

11/13

»Was ist das?« Ellies rundliches Gesicht verzog sich zu einer angewiderten Grimasse.

»Das ist ein Kater, Tante Ellie. Er heißt Blue. Ist er nicht bildschön?«

Rick stellte die vergitterte Transportbox mit dem heftig fauchenden Tier auf den Küchentisch und stapelte Dosen mit Katzenfutter neben die Spüle. »Wir sollten ihn lieber gleich füttern. Er ist auch satt aggressiv, aber wenn er Hunger hat, kann man ihn kaum bändigen.«

Tante Ellie ließ den Käfig nicht aus den Augen. »Du hast doch nicht etwa vor, ihn rauszulassen. Schau dir mal seine Krallen an! Wozu in aller Welt brauchst du eine Katze? Haben wir Mäuse?«

»Er gehört mir nicht. Er ist ein Beweisstück in einem Mordfall.« Rick schloss die Küchentür und erklärte: »Ich lasse ihn besser nicht in die anderen Räume. Der macht mir noch alles kaputt.«

Ellie rieb sich nervös die Hände und manövrierte sich zwischen Tisch und Arbeitsplatte rückwärts bis zur Tür. »Warum bringst du ihn nicht ins Tierheim?«

»Ich muss sichergehen, dass an ihm keine Spuren vernichtet werden.« Rick zog den Deckel einer Dose ab und löffelte den Inhalt in eine Müslischale. »Das dürfte ihn vorübergehend friedlich stimmen.«

Er ließ das Schloss der Transportbox aufschnappen. Blue warf sich mit aller Kraft gegen das Gitter, sprang heraus, schnellte in die Höhe und landete auf einem Oberschrank, wo er sein Fauchkonzert in heftiger Lautstärke fortsetzte.

»Ganz schön wendig, der Junge, was?«, meinte Rick vergnügt. »Nun, er wird schon runterkommen, wenn er das Futter riecht. Hoffentlich mag er die Sorte, sonst gnade uns Gott.«

Blue knurrte. Sein Schwanz war so dick wie eine Flaschenbürste und sein Fell formte einen spitzen Grat auf seinem Rücken.

»Beweisstück, an dem keine Spuren vernichtet werden dürfen.« Ellie schüttelte den Kopf. »So ein Quatsch.«

»Erinnerst du dich an den Mörder, von dem ich dir beim Frühstück erzählt habe, der, der einer jungen Frau erst das Genick gebrochen und sie dann vergewaltigt hat? Nun, Blue war an der Tat beteiligt. Er hat das Opfer regelrecht gehäutet.«

»Dann gehört das Monster eingeschläfert.« Ellie straffte die Schultern, aber in ihren Augenwinkeln zuckte es unruhig.

»Blue ist unser einziger handfester Beweis. Der Fall steht und fällt mit den Kratzspuren.« Rick war etwas unwohl dabei, die Tatsachen so zu verdrehen. »Mach dir mal keine Sorgen. Ich behalte ihn ja nicht lange.«

Ellie entspannte sich ein klein wenig.

Rick unterdrückte ein Grinsen. »Höchstens zwei oder drei Monate, maximal ein halbes Jahr, wenn die Verhandlung ist. Und bis dahin haben wir den Minitiger bestimmt gezähmt.«

Ellie langte hinter sich, fand den Türgriff und trat eilig den Rückzug an.

Rick schenkte Blue ein Lächeln. Sobald Ellie außer Sicht war, hörte Blue auf zu fauchen. »Na, wie wär's jetzt mit einem kleinen Abendbrot, Sportsfreund? Hast du dir redlich verdient.«

April erwachte in einer ungewohnten Geräuschkulisse. Leises Surren. Ein undefinierbares, fernes Schnarren, untermalt von röchelndem Husten. Schritte, die an ihrer Zimmertür vorbeischlurften. Eine Sirene, die sich entfernte.

Ihr Geist, umnebelt von den Medikamenten, mit denen man sie beruhigt hatte, schaltete einen Gang hoch, als ihr einfiel, dass sie im

Krankenhaus war und dass ihre Mutter hier auf der Intensivstation lag. Sie musste sie sehen. Sie hatte so viele Fragen.

April drehte sich auf die rechte Seite und arbeitete sich nach und nach in eine sitzende Haltung hoch. Sie wartete, bis ihr nicht mehr so schwindlig war, dann stand sie auf und ging zur Tür, öffnete sie und sah hinaus auf den Gang, der in gedämpftes und dennoch kaltes Neonlicht getaucht war. Der eisige Boden unter ihren Füßen brachte ihren Kreislauf auf Touren. Wenn sie nicht auffallen wollte, sollte sie sich lieber etwas anziehen. Wo waren ihre Sachen? Da sie wegen der anderen Patienten im Zimmer kein Licht anmachen konnte, ließ sie die Tür einen Spalt offen und durchsuchte die Schränke, bis sie etwas spürte, das sich nach ihrem grauen Hosenanzug anfühlte.

Während sie ihn anzog, versuchte sie die Puzzleteile ihrer Erinnerung sinnvoll zusammenzusetzen. Stella im Leichenschauhaus. Miguel in Untersuchungshaft. Ihre Mutter am Bahnhof aufgelesen, sturzbetrunken und bekifft. Ein roter Fingernagel. Spermaspuren. Das ergab alles keinen Sinn. Es war wie einzelne Stofffetzen, die zu verschiedenen Kleidern gehörten und aus denen man um jeden Preis etwas nähen wollte, ob es zusammenpasste oder nicht. Aber vielleicht passte es, wenn man den richtigen Schnitt hatte, dann konnte man sagen, ob dieser Mordfall Haute Couture war oder die reinste Altkleidersammlung.

Als sie den Gang entlang schlich, fragte sich April, wie sie auf so verrückte Vergleiche kam. Sie dachte sich für alles Metaphern aus, aber sie ging nie real mit einem Problem um. Immerhin war sie nach ihrer Vision zur Polizei gegangen und hatte auch später Initiative gezeigt, als sie Miguel nach seinem Rausschmiss aufgesucht hatte. Doch wohin hatte all das geführt? Hatte sie nicht letztendlich eine Ereigniskette in Gang gesetzt, die mit Stellas Ermordung endete?

Sie fand die Intensivstation und merkte erst jetzt, dass sie nicht einfach hineinschlüpfen konnte. Ob man sie auf ihr Zimmer zurückschicken würde, wenn sie nach der Schwester klingelte? April ließ es darauf ankommen und hatte Glück, denn die Nachtschwester nahm es mit den Besuchszeiten nicht so genau. Schließlich stand April am Bett ihrer Mutter und versuchte innerlich ruhig zu werden, indem sie ihre Atmung mit dem Rhythmus des Geräts synchronisierte, das Imogen beatmete. April konnte es nicht ertragen, sie so leblos und wächsern daliegen zu sehen. Ihre Mutter war alles, was April an Familie hatte.

Ein Lied ging ihr durch den Kopf, das Imogen einmal improvisiert hatte. *Cold winter nights and stormy April days.* Leise begann sie die traurige Melodie zu summen.

»Maus?«

April hielt inne. Plötzlich war sie sich nicht mehr so sicher, dass sie Antworten auf ihre Fragen wollte. »Ich bin hier.«

Imogen behielt die Augen geschlossen. »Ich ... ich hab' sie getötet. Erwürgt. Ich ...«

»Du darfst dich nicht aufregen, Mum.«

»Mit dem Zopf. Es war ein Unfall«, sagte sie mit schwacher Stimme.

April wagte kaum zu atmen. »Du ... du hast ihr doch nicht das Genick gebrochen, oder?«

Imogen schien sie nicht verstanden zu haben.

»Ich gehe einen Arzt holen.«

»Warte. Hast du den Zettel gefunden?«

Schon halb auf dem Weg zum Schwesternzimmer, drehte sich April noch mal um. »Den mit dem Pincode?«

»Nein, den in der Küche.«

»Ich war nicht mehr daheim seit ... ist schon in Ordnung. Bleib ganz ruhig. Du hast nichts getan. Du hast sie nicht umgebracht.«

Imogens Lider zuckten. »Ich wollte es nicht.«

April ging wieder zum Bett zurück, um ihre Mutter zu beruhigen. Sie strich ihr über das zerzauste Haar. Imogen war also bei

Linguini gewesen und hatte irgendetwas getan, was sie glauben ließ, sie habe Stella getötet. »Von wem hattest du den Code?«

»Er rief mich an.«

»Wer?«

Imogen flüsterte einen Namen. Er hatte zwei Silben und begann mit B oder M, da war April sich nicht sicher.

»Wer?«, fragte sie noch mal, aber gerade da kam die Nachtschwester herein.

»Sie ist aufgewacht«, sagte April. »Sie hat mit mir geredet.«

»Gut, dann hole ich einen Arzt.«

Imogen war wieder eingeschlafen

Der Arzt kam und schickte April hinaus. »Sie brauchen Ruhe. Sie können morgen wieder zu ihrer Mutter.«

Zögernd verließ April die Intensivstation. Zum Schlafen war sie viel zu aufgewühlt.

April sehnte sich nach Bobo und ihrem eigenen Bett. Außerdem war sie durstig. Was aber noch viel wichtiger war: Vielleicht würde der Zettel, den Imogen in Aprils Küche hinterlassen hatte, etwas Licht in das Dunkel bringen. Oder hatte sie ihre Küche in Cambridge gemeint? Das würde keinen Sinn machen, denn wie hätte April den finden sollen? Allerdings hatte Imogen keinen Schlüssel zu Aprils Wohnung. Vielleicht hatte sie auch nur etwas zusammenfantasiert.

Sie holte ihre Handtasche aus dem Zimmer und spazierte aus dem Krankenhaus. Niemand hielt sie auf. Wenn sie morgen vor dem Frühstück zurück war, würde niemand merken, dass sie sich für eine Nacht aus dem Staub gemacht hatte.

Sie hatte keine Ahnung, wo sie war und fragte eine Frau, die an einer Haltestelle auf den Nachtbus wartete. Es stellte sich heraus, dass sie den Heimweg zu Fuß bewältigen konnte. Nach den sterilen, muffigen Krankenhausgerüchen kam ihr die Londoner Nachtluft vergleichsweise frisch vor.

Wer hatte Imogen angerufen? Ein zweisilbiger Name, der mit B begann, B wie Bobo. Oder mit M, M wie ... wie Miguel. Könnte er Imogen angerufen haben? Könnte er ihre Adresse in Aprils Unterlagen gefunden haben? Ihr Bewerbungsschreiben hatte sie damals noch aus Cambridge geschickt.

Wenn, dann musste er Freitagmorgen angerufen haben, gleich nachdem er gefeuert worden war. Nur wozu?

Als sie die Upper Berkeley Street endlich erreichte, wurde ihr erst bewusst, dass sie fror und vor Erschöpfung zitterte. Sie schloss die Tür auf, halb erwartend, dass Charles wieder irgendwo hervorgesprungen kam und sie ausschimpfte, weil sie so spät noch unterwegs war. Aber alles war still und dunkel. Sie schlich auf Zehenspitzen die Treppe hoch und blieb, als die Wohnungstür hinter ihr ins Schloss gefallen war, einen Moment stehen und lauschte. Da war es wieder, das Gefühl, dass jemand wartete, lauerte.

Sie knipste das Licht an und ging zur Küchentheke, auf der sie eine Kaffeetasse mit Lippenstiftabdrücken fand und ein paar Kekskrümel. Imogen war tatsächlich hier gewesen. Aber einen Zettel sah sie nirgends. April hob die Tasse hoch, sah sich auf dem Fußboden um, schaute sogar im Kühlschrank nach. Nichts.

»Wo ist Rick?«, wollte Cece fragen, aber die Worte blieben ihr im Hals stecken. Sie hatte gerade zwei Kapitel überarbeitet und war noch ganz in ihrer eigenen Welt gefangen, darum konnte sie nicht so recht glauben, was sie da sah. Tante Ellie packte! Es war fast Mitternacht und Tante Ellie hatte nichts Besseres zu tun, als einen Koffer von der Größe Alaskas, den sie auf dem Wohnzimmertisch aufgeklappt hatte, mit ihren Habseligkeiten vollzustopfen.

»Was machst du da?«, fragte Cece mit aufkeimender Hoffnung.

Ellie gab keine Antwort. Sie füllte gerade die Lücken zwischen ihren Rüschenblusen mit Strickzeug.

»Wo ist Rick?«

»Dein Möchtegern-Löwenbändiger ist in der Küche. Vielleicht lebt er sogar noch, aber ich würde darauf keine Wetten eingehen.«

Cece schluckte. »Er ist in der Küche mit einem Löwen?« Oder konnte Ellie Löwen nicht von Hunden unterscheiden?

»Mit einem Killerlöwen. Oder vielmehr einem Löwen, der einem Killer gehört.« Ellie ließ das Schloss energisch zuschnappen. »Das kümmert mich jetzt nicht mehr. Mein Taxi wird jede Minute hier sein. Sag Frederick oder was von ihm übrig geblieben ist, dass ich ihm meine wertvolle Zeit lange genug geopfert habe.«

Cece versprach, es auszurichten, ließ sich von Ellie einen lavendelduftenden Abschiedskuss aufdrücken, marschierte zur Küchentür und legte das Ohr gegen das Holz. Sie hörte etwas, das wie genüssliches Kauen klang, gefolgt von einem leisen Schmatzen. Höchst beunruhigend. Sie öffnete die Tür einen kleinen Spalt und sah hinein. Rick und ein Berg aus weißem Fell teilten sich eine Schüssel Thunfischsalat. Die Katze drehte hoheitsvoll den Kopf und begrüßte Cece mit einem angedeuteten Fauchen.

»Oh Gott, was für eine Bestie!« rief Cece in Richtung Haustür, wo Ellie sich mit ihrem Koffer aufgebaut hatte. Dann schlüpfte sie in die Küche, zog die Tür hinter sich zu und kicherte.

Rick deutete mit der Gabel auf die Katze. »Mein Ersatzhund. Hat prächtig funktioniert. Cece, darf ich dir Blue vorstellen. Blue, das ist meine Nichte Cece. Sie ist auf unserer Seite.«

Cece stibitze Ricks Gabel und probierte vom Salat. Er war köstlich. »Von Tante Ellie?«

»Ja, und ich habe leider vergessen, mir von ihr noch schnell das Rezept geben zu lassen.«

Cece streichelte Blues glänzendes Fell. »Können wir den Killerlöwen behalten?«

»Nur, wenn sein Besitzer tatsächlich ein Killer ist.«

April lag leise weinend im Bett, Bobo an sich gedrückt. »Ich kann einfach nicht glauben, dass das alles wirklich passiert ist. Dass Stella so schrecklich umkam. Wie ich sie daliegen sah. Ihre Augen waren offen. Ich werde nie diesen leeren Blick vergessen. Und ich liebe Miguel so sehr. Er darf es nicht gewesen sein. Und Mum auch nicht. Warum ist sie nicht in Cambridge geblieben, wo sie hingehört? Was soll ich nur tun, Bobo?«

Bobo fest an sich geschmiegt, stand sie auf und ging ins Wohnzimmer zurück, um noch einmal nach dem mysteriösen Zettel zu suchen. Küchentheke, Wohnzimmertisch, Bücherregal: nirgends auch nur ein Schnipselchen. Sie setzte Bobo aufs Sofa und sah sich auf dem Boden um, ging in die Hocke, setzte sich schließlich im Schneidersitz hin. »Eigentlich ist es mir viel lieber, wenn Mum das mit dem Zettel nur fantasiert hat. Denn dann hat sie sich alles andere vielleicht auch nur ausgedacht. Oder sie hat alles durcheinander gebracht, weil sie schon vorher unter Drogen stand. Vielleicht hat sie gesehen, wie jemand Stella würgte, und jetzt denkt sie, sie wäre es selbst gewesen.«

Je mehr sie über alles nachdachte, desto schwindliger wurde ihr. Sie wollte sich aufs Sofa hochziehen, aber sie bekam nur Bobo zu fassen, verfing sich mit dem Fuß im Saum ihres langen Nachthemds und fiel rückwärts. »Autsch.« Sie schloss die Augen, rieb sie und öffnete sie widerstrebend. »Hey, was ist das denn?«

Unter dem Couchtisch klebte ein kleines, metallenes Teil, das einer Knopfbatterie ähnelte. Sie dachte sofort an eine Wanze. Das konnte die Antwort auf alle Fragen sein. Jemand, der ihr auflauerte, sie belauschte, der mitgehört hatte, als sie sich mit Bobo am Freitagmorgen beraten hatte.

April rappelte sich auf. »Ein Name mit zwei Silben, der mit B anfängt«, murmelte sie kaum hörbar. »Brad Pitt! Es muss Charles sein. Er hat Mum angerufen. Er hört mich ab. Er weiß alles, was ich rede. Er hat Mum von meiner Vision erzählt. Der verdammte Mistkerl.«

April erhob sich taumelnd. Etwas klickte im Schloss ihrer Wohnungstür. Noch bevor April ganz auf den Beinen war, flog die Tür mit einem Knall auf.

Folter

12/13

Rick war gerade dabei, vor dem Schlafengehen das Katzenklo zu reinigen, als das Telefon klingelte. Die diensthabende Schwester auf der Intensivstation des *Middlesex Hospital* teilte ihm mit, dass Imogen Stevenson das Bewusstsein wiedererlangt hatte. Rick hatte für diesen Fall seine Telefonnummer hinterlassen.

In seinem Büro war Cece eifrig am Tippen, während Blue wie eine Sphinx auf dem Schreibtisch thronte und hin und wieder vorsichtig eine Pfote nach der Tastatur ausstreckte.

»Anruf aus dem Krankenhaus. Wichtige Zeugin ist zu sich gekommen. Weiß nicht, wie lange es dauern wird. Blue kann auf meinem Bett schlafen.« Wenn Cece schrieb, sprach er mit ihr immer im Telegrammstil, um sie nur so lange wie unbedingt nötig zu stören.

Sie nickte kurz, ohne den Blick vom Monitor abzuwenden.

Im Krankenhaus sagte ihm die Schwester, wie es Imogen ging. Ihr Zustand war stabil, aber sie war noch verwirrt.

»Wurde Mrs Stevensons Tochter informiert?«, fragte er.

»Sie war dabei, als ihre Mutter zu sich kam. Der Doktor hat sie wieder auf ihr Zimmer geschickt.«

Rick ging den kurzen Flur hinunter. Imogen Stevensons Gesicht war blass, aber ihre Augen sahen ihn lebhaft an. »Sind Sie von der Polizei?«

»Jawohl.« Er reichte ihr die Hand. Sie erwiderte seinen behutsamen Händedruck erstaunlich fest. »Detective Inspector London. Ich ermittle im Fall Campion.«

»Ich will ein Geständnis ablegen.« Sie sah ihm direkt in die Augen. »Ich habe Stella Campion getötet. Es war ein Unfall. Ich hatte keinesfalls vor, ihr etwas zu Leide zu tun, ganz im Gegenteil.«

»Augenblick«, unterbrach Rick ihren Redefluss. »Erzählen Sie von Anfang an, ab dem Moment, wo sie sich entschlossen, nach London zu kommen, um sich mit Stella zu treffen.«

»Je eher ich mir das von der Seele rede, desto besser. Darf ich mich dazu aufsetzen?«

»Das wird der Arzt bestimmt nicht erlauben. Ist schon in Ordnung. Ich rede oft mit Menschen, die liegen.«

»Oder lügen, hm?«

Er grinste.

»Sie sind ein netter Kerl.«

Um wieder etwas von seiner Autorität zurückzugewinnen, nahm Rick sein Notizbuch zur Hand, las ihr ihre Rechte vor und forderte sie dann auf, alles möglichst detailliert zu berichten

»Freitagmorgen hat Charles mich angerufen.«

»Charles?«

»Charles Dunford, Aprils Vermieter. Gutaussehender Typ, Marke Brad Pitt. Ich hatte ihn am Montag kennen gelernt, als ich April für ein paar Tage besuchen kam. April behauptete, er wäre ihr unheimlich, aber ich fand ihn ganz in Ordnung.«

»Was fand sie an ihm unheimlich?«

»Das darf man nicht so ernst nehmen. April sind Menschen im Allgemeinen nicht geheuer. Also, am Donnerstag ging April zur Arbeit und Charles fuhr mich zum Bahnhof. Mein Koffer wog eine Tonne und er trug ihn mir bis ins Abteil. Er versprach mir, sich um April zu kümmern. Sie braucht jemanden, der auf sie aufpasst, weil sie diese schrecklichen Visionen hat, mit denen sie allein nicht fertig wird. Am Donnerstag, gleich an ihrem ersten Tag bei der Arbeit, hatte April wieder eine Vision. Charles rief mich am Freitag so gegen zehn Uhr an und erzählte mir davon, und er gab mir auch den Pincode für das Schloss bei *Linguini* und sagte, dass Stella oft bis spät in die Nacht dort sei.«

Rick runzelte die Stirn. »Er gab Ihnen den Code? Sagte er Ihnen, woher er ihn wusste?«

»Danach habe ich ihn nicht gefragt. Wieso?«

»Nun, Mrs Stevenson, April hatte mir versichert, dass sie niemandem den Code genannt hatte. Wenn sie ihren Vermieter unheimlich fand, warum sollte sie ausgerechnet ihm den Code anvertrauen und ihre Probleme mit ihm besprechen?«

»Vielleicht hat sie ihre Meinung über ihn geändert. Ist mir auch egal, wie er an den Code kam. Ich machte mir Sorgen um April. Seit mein Mann und mein Sohn bei einem Autounfall umkamen, den April vorhergesehen hatte, habe ich alles getan, was in meiner Macht stand, um zu verhindern, dass ihre dunklen Vorahnungen sich wieder erfüllten. Und es ist mir kein einziges Mal gelungen. Ich habe aber nie aufgegeben, es zu versuchen, denn dann hätte ich den Kampf gegen die Zukunft endgültig verloren. Ich setzte mir also in den Kopf, diese Stella zu retten. Ich wollte ihr den Zopf abschneiden, denn dann konnte sie nicht damit erwürgt werden. Ich weiß, das klingt idiotisch, aber ich habe schon viel idiotischere Dinge getan, das können sie mir glauben.«

Sie hustete und Rick gab ihr etwas Wasser aus einer Schnabeltasse, die auf dem Nachttisch stand.

»Danke«, sagte sie. »Ich kam also am Freitag am frühen Abend in London an, so gegen halb sechs, und nahm den Bus nach Marble Arch. Ich hätte auch gleich zu *Linguini* gehen können, das war näher, aber ich wollte zuerst mit April reden. Sie war nicht da. Charles hat mir die Tür zu ihrer Wohnung aufgeschlossen. Ich trank eine Tasse Instantkaffee und schrieb eine Notiz, damit sie wusste, dass ich da gewesen war. Dann bat ich Charles, mich zu *Linguini* zu fahren.«

Rick fühlte, wie alles sich zu entwirren begann. »Charles hat sie hingefahren?«

»Er wollte sogar mit reinkommen und mir helfen, aber ich sagte, er solle ruhig heimfahren, ich würde anschließend zum Bahnhof laufen. Ich hatte nicht vor, über Nacht zu bleiben. Mein eigentlicher Plan sah vor, dass ich mit Stella erst redete, sie ablenkte, und dann - schnipp. Ich fand sie schlafend an ihrem Schreibtisch vor. An dem langen, blonden Zopf habe ich sie sofort erkannt. Niemand sonst war da. Ich musste nichts weiter tun, als mich an sie heranschleichen. Aber sie wachte auf und sprang mich sofort an. Sie ließ mir nicht einmal Zeit, ihr zu erklären, wer ich war. Mir blieb nichts anderes übrig, als sie abzuwehren, denn sie stürzte sich mit unheimlicher Wucht auf mich. Sie wollte mich in den Hals beißen wie ein Vampir, können Sie sich das vorstellen? Ich bekam ihren Zopf zu fassen und zog sie daran zurück. Dann ging alles so schnell ... ich weiß nicht mehr genau ... am Ende lag sie am Boden und der Zopf war um ihren Hals geschlungen. Das nächste, woran ich mich erinnere, ist, dass ich keuchend und schluchzend vor dem Bahnhof stand. Ich war total durcheinander, denn diesmal war ich es gewesen, die Aprils Vision wahr gemacht hatte. Ich hatte einen Menschen auf dem Gewissen. Also besorgte ich mir einen Joint und eine Flasche Schnaps und versuchte, alles zu vergessen.«

»Sie haben also nicht nachgesehen, ob Stella noch lebte, bevor sie wegrannten?«

Sie sah fragend zu ihm auf. »Nein. Ich wusste ja, dass sie tot war. April Visionen handeln immer vom Tod.«

»Sie war aber nicht tot.«

Imogen stützte sich auf die Ellbogen. »Sie lebt?«

»Lebte. Noch für ein paar Minuten. Dann hat ihr jemand das Genick gebrochen.«

»Also, das war ich mit Sicherheit nicht. Ich mag ja verwirrt gewesen sein, aber ich hätte niemals ... nein.«

»Offensichtlich nicht, denn sie wurde zudem noch vergewaltigt.«

Imogen legte sich wieder auf das gestärkte Kissen zurück. »Das ist ja schrecklich. Die arme Frau. Ich bin natürlich erleichtert, dass ich sie nicht getötet habe, aber ich habe sozusagen die Vorarbeit dazu geleistet. Werde ich verhaftet?«

Rick klappte sein Notizbuch zu und steckte es ein. »Vorerst nicht. Sie haben zwar Stella im Schlaf überrascht, aber die Aggression ging von ihr aus, darum könnte man ihr Handeln als Notwehr einstufen.

Das kommt natürlich ganz darauf an, wie sich Ihre Aussage mit den Spuren am Tatort deckt und wie der Richter darüber denkt. Es könnte jedenfalls nicht schaden, wenn Sie sich einen guten Anwalt zulegen.« Im Geiste kehrte er noch einmal zu der Frage zurück, wie Charles an die Informationen gekommen sein konnte. »Führt April manchmal Selbstgespräche?«

»Sie redet mit Bobo, ihrem Stoffhasen. Sie denkt, ich wüsste das nicht.«

April stand mit dem Rücken zur Küchentheke und starrte an der offenen Tür vorbei in den dunklen Flur. Zwischen ihr und der Tür stand Charles Dunford und versperrte ihr den Weg.

»Ich wollte nur behilflich sein«, sagte er honigsüß. »Warum bedankst du dich nicht?«

April schluckte. »Wofür?«

»Dafür, dass ich Imogen von deiner Vision erzählt habe, damit sie kommt, um ihrem Töchterchen aus der Patsche zu helfen.«

»Hat - hat meine Mutter dich gebeten, mich abzuhören?«

»Ach was. Das ganze Haus ist verwanzt. Ich muss wissen, was sich abspielt. Ist schließlich mein Haus. Wusstest du, dass alle Menschen Selbstgespräche führen, wenn sie allein sind? Ich bin die einzige Ausnahme. Der einzig Normale unter lauter Irren. Ich rede nie mit mir selbst.« Er lachte. »Ich höre lieber zu, wie andere mit sich selbst reden.«

»Ja, ähm, also, danke, dass Sie es meiner Mutter gesagt haben.« Aprils Blick huschte zwischen ihm und der Türöffnung hin und her. Konnte sie an ihm vorbei rennen, ihm vielleicht dadurch entkommen? Das Telefon auf dem Couchtisch klingelte und sie machte einen Schritt darauf zu. Charles trat ihr in den Weg und packte sie grob an den Schultern.

»Ich hab sie hingefahren. Zu diesem Büro. Hab ihr die Taxikosten gespart. Deine Mutter ist eine richtige Lady. Aber sie hat sich gar nicht ladylike benommen. Schon nach ein paar Minuten kam sie wieder rausgerannt, als hätte sie den Teufel gesehen. Ich hab ihr hinterhergerufen, aber sie hat mich nicht gehört. Also ging ich rein, nachsehen, was da los war.« Er lockerte seinen Griff und fuhr mit den Handflächen ihre Oberarme hinunter.

April hörte auf zu atmen.

»Da lag eine Frau auf dem Boden. Sie hatte wirklich einen Zopf um den Hals gewickelt. Muss Spaß machen, so was vorherzusehen. Mir würde es gefallen. Du hast ganz schön Glück, dass du so was kannst.«

Als sie schließlich einatmen musste, spürte sie seinen Atem. Dieses Scheusal roch ausgerechnet nach frischer Pfefferminze. Womöglich hatte er sich gerade die Zähne geputzt, um sie besser küssen zu können.

»Stella hatte weniger Glück. Ich wollte ihr ja nur helfen, nachsehen, ob sie noch lebt. Und was tut sie, gerade als ich nach ihrem Puls tasten will? Hä? Sie packt mich an den Waden. Da bin ich hingefallen, der Länge nach. Sie keuchte, bekam kaum Luft, und versuchte trotzdem, mich zu beißen. Verrücktes Luder. Hat wohl unterschätzt, wie stark ich bin. Dummes Ding.«

April dache an Miguel. Stella hatte ihn ebenfalls angegriffen, und Blue hatte sein Herrchen verteidigt. Für einen Augenblick war ihr Geist ganz klar und sie konnte sehen, wie alles ineinander griff und Sinn machte, dann war sie wieder im Hier und Jetzt, wo sie vor Angst wie durch eine dunkle Röhre zu schauen schien. »Dann war es also Notwehr«, sagte sie. Vielleicht konnte sie ihn zur Vernunft bringen, davon überzeugen, dass er sie gehen lassen musste.

»Klar. Notwehr. Dieses dumme, blöde Luder. Du bist nicht so dumm, April. Dich muss ich nicht erst töten, bevor ich dich ficke, oder? Erst den Hals knicken, dann ficken.« Er schüttelte sich vor Lachen. »Knicken, ficken. So wie ich es mit dem dummen Luder gemacht habe.«

»Das wird nicht passieren.« April versuchte, sicher zu klingen. »Sie wissen ja, ich sehe so was immer voraus.«

»Oh, klar, sicher.« Er zwinkerte ihr verschwörerisch zu. »Dann können wir ja eine Menge Spaß miteinander haben. Warum sollte ich dich denn töten? Du beißt ja nicht. Bist halt ein Glückskind.« Er umklammerte mit einer Hand ihren Hals, mit der anderen begann er, ihr Pyjamaoberteil aufzuknöpfen. Er tat es langsam, grinste dabei und leckte sich die Lippen. »Trägst du Unterwäsche? Stella trug keine. Ich sag ja, sie war ein Luder. Sogar tot wollte sie es noch besorgt haben. Lag da, mit gespreizten Beinen und nackt. Mann, die hatte es wirklich nötig.«

April war übel. Er war ihr körperlich überlegen. Selbst wenn sie es schaffen sollte, ihm das Knie in die Eier zu rammen, würde er sie noch locker mit einer Hand erwürgen. Wenn sie sich wehrte oder dem Drang nachgab, zu schreien, würde es alles noch schlimmer machen. Obwohl die Tür offen war, gab es für sie kein Entkommen. Wenn er nicht wie durch ein Wunder tot umfiel, würde es passieren.

Tot umfiel. Ein Gedanke nahm langsam Form an.

»Ich hatte wieder eine Vision«, keuchte sie. »Sie ist ... sie ist entsetzlich. Schlimmer als alle anderen. Grauenvoll. Das ganze Blut!«

Die Hand um ihre Kehle ließ los, dann packte sie umso fester wieder zu. Es fühlte sich genauso an wie am Freitagabend, als sie Stellas Tod gespürt hatte. Nur, dass die Fassungslosigkeit und Scham diesmal ihr selbst gehörten.

Er ließ los. »Rück schon raus mit deiner Vision. So wie du sie immer deinem kleinen Freund erzählst. Dodo.«

»Bobo.« April deutete auf die Couch, wo Bobo mit hängenden Ohren an der Kante hockte. Charles ließ los und drehte sich um.

Das war der entscheidende Moment. Ihre einzige Chance. Sie sprintete zur Tür und hechtete sich ins sichere Dunkel. Aber Charles schnappte sie von hinten und warf sie auf die Couch.

»Erst knicken, dann ficken. Du kannst es auch so herum haben. Ganz wie du willst.« Er kniete zwischen ihren Beinen und öffnete seine Hose, holte sein schlaffes Glied aus dem Slip. »Na komm, mach mich an. Sag was. Diese Vision, das Blut. Erzähl mir davon.«

»Das geht nicht. Sie würden es nicht verkraften.« Der Gedanke war noch nicht ganz ausgereift. Fieberhaft überlegte sie, aber die Worte formten sich so zäh wie Sirup. Er schlug sie mit dem Handrücken quer über den Mund. Seine andere Hand kämpfte um die Erektion, die nicht kommen wollte.

Sie schmeckte ihr eigenes Blut. »Ich habe Sie sterben sehen.« Das würde ihm vielleicht Angst machen. Verhindern, dass er einen hochbekam.

Er schlug wieder zu. »Spiel keine Spielchen mit mir, süße April.«

Sie tastete ihre geschwollenen Lippen mit den Fingerspitzen ab. Ihre Gedanken drehten sich im Kreis. Was sollte sie ihm sagen? Dass sie ihn töten würde? Dass Imogen kam, um sie zu verteidigen? Dass Stella von den Toten auferstand, um sich an ihm zu rächen? Dann schwanden ihr für einen Augenblick die Sinne und sie sah sich selbst daliegen, zugerichtet wie ein Folteropfer. »Folter«, brachte sie hervor. »Man wird dich zu Tode foltern. Dieser Inspector London soll bei Verhören unglaublich brutal sein.« Sie erwärmte sich für ihre haarsträubende Geschichte. »Ich habe gesehen, wie er Ihnen die Ohren abschneidet. Und das war noch das Harmloseste. Wenn Sie ihn jemals sehen, dann rennen Sie um ihr Leben. Man nennt ihn den Metzger.«

Entsetzt sah April, dass ihre Geschichte genau den entgegengesetzten Effekt hatte. Charles' Glied war steif geworden.

Bevor Rick das Krankenhaus verließ, wollte er noch einmal nach April schauen. Vielleicht war sie noch wach und er konnte sie fragen, ob sie Charles etwas anvertraut hatte. Es war dunkel im Zimmer, aber das Licht aus dem Flur reichte aus, um erkennen zu lassen, dass ihr Bett leer war. Er sprach eine Krankenschwester an, die mit einem Becher Kaffee in der Hand vorbeikam. »Ist April Stevenson entlassen worden?«

»Wer, bitte? Ich habe gerade erst meinen Dienst angetreten.«

Rick erklärte kurz, um welche Patientin es sich handelte und dass sie anscheinend weg war. Die Schwester sagte, sie würde einen Arzt fragen. Nach ein paar Minuten kam sie wieder, mit einer Krankenakte anstelle des Bechers. »Nein, sie wird frühestens morgen entlassen.«

Er ließ sich Aprils Adresse und Telefonnummer geben und rief von seinem Handy aus an. Niemand ging ran. Rick wusste nicht, warum ihn das nervös machte. Schließlich entschloss er sich, einfach hinzufahren und nachzusehen. Die ganze Fahrt über kämpfte er gegen das Gefühl an, dass April in Gefahr war. Fing er jetzt auch schon mit Vorahnungen an? Er analysierte, was sein Unterbewusstsein ihm sagen wollte. Er war sich sicher, dass April sich Charles nicht anvertraut hatte. Blieb also nur noch die Möglichkeit, dass er ihre Gespräche mit Bobo irgendwie belauscht hatte. Solche Fälle hatte er schon erlebt, wo sich ein Mann daran aufgeilte, Frauen in ihren eigenen vier Wänden abzuhören. Es war die akustische Variante des Spannens. Voyeurismus war oft der Beginn einer steilen kriminellen Karriere, die in Vergewaltigung und Mord gipfelte. Charles hatte Imogen zu *Linguini* gebracht. War er nach ihr ins Gebäude geschlichen? Hatte er die bewusstlose Stella vorgefunden und sich an ihr vergangen?

Er fand das Haus, parkte in der zweiten Reihe und stieg aus. Das Licht im ersten Stock brannte. Wenn das ihre Wohnung war, dann war sie tatsächlich aus dem Krankenhaus abgehauen. Rick wollte schon klingeln, als er merkte, dass das Schloss nicht eingeschnappt war. Er schob die Haustür auf und stand in einem dunklen Treppenhaus. Aus dem ersten Stock drang Licht, als stünde dort eine Tür offen.

Er konnte eine männliche Stimme ausmachen, die zu lachen schien, dann ein ersticktes Flüstern, schließlich ein Schlag und ein kurzer Schrei. Rick zog sein Handy heraus und rief in der Zentrale an, um einen Streifenwagen anzufordern. Er vergewisserte sich, dass die Haustür noch offen war, dann schlich er die Treppe hoch.

Durch die offene Wohnungstür sah er direkt ins Wohnzimmer. April lag rücklings auf dem Sofa. Ein blonder Mann mit breitem Rücken und nacktem Po hockte über ihr. Das musste Charles Dunford sein. Rick war klar, dass er nicht eingreifen konnte, ohne eine Geiselnahme zu riskieren, auch wenn der Mann unbewaffnet zu sein schien. In einem direkten Kampf war er diesem Muskelprotz eindeutig unterlegen.

Ihm blieb nur noch die Möglichkeit, Verwirrung zu stiften, um April aus ihrer verzweifelten Lage zu befreien, bevor die Streife eintraf. »Mrs Stevenson«, sagte er laut und mit drohendem Unterton. »Sie sind verhaftet.«

Der Hüne zog sich die Hose hoch und ruckte herum. »Wer zum Henker sind Sie?«

»Tut mir leid, wenn ich Sie in einem intimen Moment störe, aber ich habe einen Haftbefehl.« Er deutete auf April, die versuchte, sich aufzusetzen. Dann zog er seine Dienstmarke. »DI London, Camden CID.«

Dunfords Reaktion überraschte Rick total. Die Augen des Mannes weiteten sich in groteskem Schrecken. Er keuchte etwas, das wie »Metzger« klang. Dann rannte er an ihm vorbei auf den Gang und polterte die Treppe hinunter. Rick sah, dass er direkt in den Armen der Constables landete, die gerade zur Haustür hereinkamen.

»Festhalten«, wies er sie an. »Handschellen. Rechte vorlesen. Mordverdacht. Und ruft mir einen Krankenwagen.«

Dann sah er wieder nach April. Sie weinte wie ein kleines Kind und hielt einen abgenutzten Stoffhasen fest an die Backe gedrückt.

Leben

13/13

April seufzte zufrieden. Miguel ließ sich unendlich viel Zeit, sie zu streicheln, bevor er mit ihr schlief. Zum ersten Mal in ihrem Leben hatte April keine Angst vor der Zukunft. Der Zeitsturm war abgeflaut.

»Ich liebe dich, mein aztekischer Gott«, sagte sie und küsste Miguels volle Lippen.

Er grinste träge. »Kommst du nachher mit ins Fitnessstudio und siehst zu, wie ich meinen göttlichen Körper in Form bringe?«

»Nein, ich muss ins Krankenhaus. Mum wird heute entlassen.«

»Da komme ich mit. Ich will deine verrückte Mutter, die das alles ausgelöst hat, kennen lernen.«

Sie löste sich aus seiner Umarmung und kletterte über ihn, um aus dem Bett zu steigen. Nach einer Dusche wühlte sie in den Pappkartons herum, in die sie ihre Sachen gepackt hatte. Alles war so trist und grau. Das passte nicht mehr zu ihr. Etwas Rotes blitzte auf, ein Kleid, das Imogen ihr einmal aufgezwängt hatte. Sie zog es an und bewunderte sich im Spiegel. Warum war ihr noch nie aufgefallen, wie gut ihr leuchtende Farben standen?

Später ging sie an Miguels Hand zum Krankenhaus. Imogen, ihre neon-grelle Hippie-Mutter, war wieder zu hyperaktiver Höchstform aufgelaufen. Sie saß im Schneidersitz auf dem Bett und sang lautstark. Über dem faden Krankenhausnachthemd trug sie eine Perlenweste. Ihre Armreifen klirrten, während sie im Rhythmus klatschte, um die anderen Patienten zum Mitmachen zu bewegen. Sie sah April hereinkommen, improvisierte eine Schlusskadenz und breitete die Arme aus. »Mäuschen!«

»Schön, dass es dir wieder gut geht, Mum.«

Imogen fuhr sich durch ihre frisch gewaschenen Locken. »Komplett generalüberholt. So eine Entgiftung von Zeit zu Zeit ist gar nicht schlecht.«

»Und wie fühlst du dich wirklich?«

Imogen spielte an den Perlenschnüren ihrer Weste herum. »Ich komme fast um vor Schuldgefühlen. Schließlich habe ich das ganze Unglück erst ins Rollen gebracht.«

»Nein, das hat Charles selbst getan, als er April abgehört hat«, sagte Miguel. »Im Nachhinein sieht man alles klarer, aber die Schuld trägt immer nur der Täter.«

Imogen beäugte Miguel. »Ich war so feige, bin einfach weggerannt, anstatt nachzusehen, ob Stella noch lebt. Ich tauge nichts. Aber das habe ich im Grunde meines Herzens immer schon gewusst. Und wenn ich fünfzig Jahre damit leben konnte, dann kriege ich die nächsten fünfzig Jahre auch rum.«

»Und wie viele davon musst du im Gefängnis verbringen?«, fragte April.

Imogen zuckte die Schultern. »Ich habe einiges auf dem Kerbholz. Drogenmissbrauch, Körperverletzung. Inspector London war vorhin hier. Er sagte, er sei sicher, dass ich mit einer Bewährungsstrafe davonkommen werde. Er ist ein richtiger Schnuckel. Ich könnte ihm aus der Hand fressen.«

Miguel grinste. »Genau das gleiche sagt Blue auch.«

»Aber so ›schnuckelig‹ wie London ist vermutlich kein Richter«, wandte April ein. »Was, wenn du doch hinter Gitter musst?«

»Wenn, wenn … - Na, dann gründe ich eben eine Gefängnisband und stürme mit ihr die Charts. Ah, ich sehe schon die erste CD vor mir: ›Imogen and the Evils: London Crimes‹.« Schon hob sie wieder an, lautstark zu singen.

»Deine Mutter ist nicht totzukriegen, oder«, meinte Miguel mit Bewunderung in der Stimme, als er mit April das Krankenhaus verließ.

»Zumindest in nächster Zeit nicht«, erwiderte April und lächelte. »Ich habe keine Vorahnung. Nichts!«

»Ich schon!«

April blickte ihn erschrocken an.

Miguel lachte. »Ich ahne, dass ich es sehr sehr lange mit dir aushalten werde. Vielleicht bis zum Tod.«

April schluckte, als er das Wort ›Tod‹ so leichthin aussprach. Doch dann sah sie ihm in die Augen und widerholte: »Vielleicht bis zum Tod«.

Der Kuss, den Miguel ihr zum Lohn schenkte, war so süß, wie das Leben nur sein konnte.

edition tingeltangel

Aktuelle Informationen finden Sie auf *www.edition-tingeltangel.de* und auf der *Facebook*-Seite der *edition tingeltangel.*

Entdecken Sie weitere spannende Romane in unserem Programm:

Marta Donato
Tod am Gardasee
Ein Italien- & Bayern-Krimi

368 Seiten
Broschur mit Klappen
14,90 € (D)
ISBN 978-3-944936-31-4
(auch als E-Book erhältlich)

Markus Richter
Ins Herz
Neuschwanstein-Thriller

372 Seiten
Broschur mit Klappen
14,90 € (D)
ISBN 978-3-944936-32-1
(auch als E-Book erhältlich)